JN143837

サムライ鉄道

～九州鉄道草創期の物語～

城平心良

郁朋社

サムライ鉄道／目次

装丁／根本比奈子

サムライ鉄道

小倉口の戦

世に〝知らぬが仏〟とはよく言うものの、松田和七郎はこのとき、半年程前に薩摩と長州が、徳川幕府打倒の密約を交わしており、迎え撃つ長州軍が相応の準備をしていたことなどつゆほども知らなかったのだ。

慶応二年六月十七日、その日は、和七郎にとって、負けるはずのない戦いの始まりであった。半年前にほうほうの体で敗走したばかりの敵方長州は、わずか一千の兵を寄せ集めているに過ぎないと伝わっていた。それに対し、再度の懲罰を試みる幕府軍は、小倉、熊本、久留米、柳川の四藩の連合軍で、合わせて二万もの兵力を誇っていた。小倉での出陣の諸行事もお祭り気分で、楽勝の雰囲気が漂っていた。

「われらの出番はないんかもしれんな」

相手が正常な判断能力を持ってさえいれば、刃向かってくるはずはない。

最前線で戦場に向かっているとはいえ、和七郎の属する小倉軍の部隊では、どこかしらそのような気楽ささえあった。

和七郎が所属する隊は、新緑に衣替えした山はだを縫うように、敵軍が向かってくると予想された田ノ浦の海岸へ、慣れない甲冑を背負って歩を進めていた。

松田和七郎が仕える小倉小笠原藩十五万石は、河内源氏の流れを汲む名門である。小笠原家の礼典や武芸は、小笠原流として知られ、武家社会における有職故実の模範として日本全国に知られていた。

小倉藩は、潜在的に反幕府勢力が多い九州の地において、譜代大名として機密情報を集め、その軍事動向に目を光らせる幕府の出先機関という役目を期待されていた。すなわち、いわゆる典型的な佐幕派の藩であった。

一方、毛利長州藩は、関ヶ原の負け組であり、半年前には公武合体成った朝廷・幕府に立ち向かって大敗、現在でも藩内部が佐幕組、倒幕組で対立していることもあって、どうひいき目に見ても幕藩体制の本筋から外れていた。むしろ、長州藩がこのような遺恨を抱えたまま数百年間長らえてきたほうが、和七郎には不思議でならなかった。

一軍が矢筈山を抜けると、前方の視界が大きく開け、鶯色の草木の向こうから紺碧の海が鮮やかな光を放った。和七郎は、その清廉とした光景にしばし気をとられていた。

「毛利の軍艦か！」

和七郎は、前方から放たれたその声に、たちまち現実に戻された。

聞き慣れた隊長の武張った声であった。それに呼応するかのように、何人かの隊員が、ほーっと、ため息のような声をあげた。一同が焦点を合わせたその先に向かって、和七郎は、目を凝らした。

前方に連なる甲冑の肩越しには、鏡面のような海が緩やかに広がり、半島の手前あたりに何やらぼんやりとした三つの影が浮かんでいた。

「洋艦だ……」

和七郎は、一目見て、それが日頃港で見る和船とは、色も形も大きさも異なるものであることを理解した。群青の海にその浅緋色を帯びた重量物が、やたらと清涼で新鮮な光を放っていた。

隊員は、一様に固唾を飲んだ。

「どげえですかいな、毛利っちゃ決まっちょらんでしょう」

誰かが、皆の同意を待つかのような力ない声をあげた。

しかし、洋艦自体がまことに珍しく、ここに控える何者もこの艦の知識を持ち合わせているはずはなかった。ましてや、それが敵対する毛利の艦であるかどうかを判定するなどということはできるはずもなかった。しばしの沈黙が、その虚無な空間を流れていった。

「急ぎ参るぞ！」

隊長は、静寂を切り裂くように叫ぶと、先祖伝来の黒ずんだ火縄銃を大きくぐるりと肩に回した。和七郎らは後に続いた。

隊は、長々と続く坂道を転がるように降りて、目的地海岸端の田ノ浦へと向かっていった。

「毛利はあげぇえげつない艦を持っとるんやろか」

甲冑のがちゃがちゃと擦れる雑音は、和七郎の心を揺さぶった。頭上のはるか上でとんびが、笛を吹きながら風に浮かぶように大きく旋回していた。

和七郎の隊は、集結地である田ノ浦に到着し、他隊と合流した。そこには、朝方部隊内に満ちていた楽観的な雰囲気は、まるで存在していなかった。下士兵の間に敵軍の情報が漏れてきた。

「四国側から攻めちょった幕府軍が、大島で長州軍の返り討ちに遭うたっちぞ……」

「農民にも鉄砲を持たせて、大軍に変わったごたる……」

「毛利はエゲレスから最新式の銃を大量買入れしちょるっち……」

「……」

情報元は、いったい何であったろうか。

どこからともなく、そのような話がいくつもいくつも漏れ聞こえてきた。真偽のわからないこのような噂は、なぜだか実に素早く隊の末端まで伝わって、不安をあおった。戦場においての特有の現象なのかもしれなかった。日頃冷静沈着な男と自負する和七郎でさえも、心が揺さぶられ、そのような話に耳をそばだてた。

その夜、和七郎は、なかなか寝付けなかった。

昼間見た洋艦が、子供の頃神社の森で見た猫の死体のような気味の悪い恐怖の象徴として、和七郎の脳裏に憑きもののようにへばりついていたのである。

松田和七郎は、小倉藩においては、最下級の武士であった。(注1)

もちろん、身分がほぼ固定化されているこの世においては、先祖来二百五十年も昇進の望み

(注1) 松田和七郎は、小倉小笠原藩士、十石三人扶持。維新後、第八十七銀行勤務。同行より九州鉄道設立準備のため派遣され、発起人総代として、明治二十年一月「九州鉄道会社創立願」提出。

はなかった。松田家の家伝によれば、先祖は、戦国の世、豊臣秀吉の家臣の森勝信に仕えてはるばる小倉の地にやってきた。森氏が、その後、関ヶ原の戦いで敗れて改易となってしまったため、松田家はいったんは浪人の身となったのだが、小笠原家が小倉城主として入封した折りに、縁あってその末席に禄を食むことができたのであった。

関ヶ原の際、東軍西軍どちら側の主人を持っていたかというただそれだけで、その後の子々孫々数百年間に亘ってそれ相応の生活水準がほとんど固定化された。

その現実に対して、この時代どういう者であれ、寸分の疑問を挟むことは許されなかった。もし、それに異を唱えるのであれば、それは幕藩体制、ひいては武士が主役となっているこの社会全体に対する挑戦とも言える行為であった。

松田家は、代々微禄の番方武士に甘んじていたのだが、和七郎本人は、子供の頃藩校思永館において優秀な成績をあげた秀才であり、その後林洞海（はやしどうかい）が開く私塾においても武士には珍しく算術、天文、蘭学をも進んで学び、周囲から抜きんでた評価を受けていた。また、その日頃の冷静な立ち振る舞いに、同僚や上司から一目置かれる存在であった。

ある時、藩校内の講堂に飾ってあった阿蘭陀（おらんだ）製の置時計を後輩の青山重伍が運搬の際倒してしまい、中の部品がいくつか外れ、壊してしまうということがあった。

しかし、和七郎は、それを吟味し、わずか二日のうちに直してしまった。以前、私塾の商家の塾生が、からくり儀右衛門こと田中久重が作った話題の万年自鳴鐘(まんねんじめいしょう)を上方で見てきていて、その仕組みが私塾内でしばらくの間議論となったことがあった。結局、その極度に複雑な万年自鳴鐘自体の仕組みはわからなかったが、和七郎は、その議論の中で、西洋式時計の基本的な仕組みを理解し、書き留めていたのである。

現場に居合わせた部下から内々にそのことを知った清水可正(よしまさ)は、和七郎を自分の屋敷に呼び出した。

清水は、長らく藩主のお側役を務めたあと、卓抜した実務能力を認められて、小倉藩内の産業振興という重要な仕事を、町奉行と並ぶ形で任されていた。いわば、藩内産業を育成するための実務指導者と言える立場にあった。清水は、臨時講義のため、その時たまたま藩校に招かれていたのだ。

藩内にその人ありと聞こえた清水の屋敷は、意外にも、城下外れの質素な居住まいであった。玄関にて清水の子息という者と挨拶を交した。愛想の良いその好青年は、丁寧な所作で、和七郎を家の奥に通した。庭の端には、多くの野菜が植えてあるようで、薩摩芋の白い花が満開となって、何匹かの虻がいそがしそうにその周りを飛び回っていた。

　和七郎が座敷で待っていると、すぐに、清水の足音が廊下に響いた。

「そのほうが松田和七郎か」

「はっ」

　清水は、入ってくるなり、座りもせず、和七郎の名を大声で呼んだ。

　和七郎は、おそるおそる顔をあげた。和七郎の眼上には、その大きな声とは似つかないほどの人なつっこく語りかけるような眼差しがあった。上士特有の部下を見下すようなそれとは明らかに違っていた。まるで子供が好きなお菓子を品定めしているような純朴な好奇心がその穏やかな顔を満たしていた。

　清水は、どっかと腰を下ろし、質し始めた。

「お主の藩校での儀は聞いておる」

「はっ、……」

　和七郎は恐縮して言葉に詰まった。

「どこぞでさような術を身に付けたんじゃ」

「藩医林先生の私塾でござります。されど、城下の商人達の間には、拙者のごとある器量を持つ者（もん）は少なからずおりまする」

和七郎は少し謙遜して答えた。

清水は、そうした和七郎の性格を理解したような風で続けた。

「ほう、商家とな。お主は、商いは好いちょるんか」

江戸時代後期に至って微禄の武士は生活が困窮していた。内職として従事する下駄、傘、提灯などの制作技術は職人顔負けのもので、和七郎のような下士は、もはや常日頃経済性を考えていなければ生きていけなかった。

和七郎は、清水に対しては、なぜだか本心を晒しても許されるような気がしたが、この時代、武士として、商売が好きであるとは口が裂けても言ってはならぬことであった。

「いえ、商いが好きっちわけではござりませんけんど、番方でござりまするけ、いざ合戦の際にも算段は必要なことゆえ、好んで学んでおりまする」

「おう、そげんか、それはええ心がけじゃ」

清水は、感心した風に右手で自らのあごの無精ひげをさすりながら、和七郎を見つめた。和七郎は、そんな清水がどこかしら自分との共通点を見いだそうとしているような気がした。和七郎は、張り詰めた心の糸が少し緩んでいくような感覚を覚えた。

しばし、会話を交わした後、清水は言った。

「お主の存分はようわかった。ところで、そうじゃ……お主に褒美を取らしちゃる、殿にもよしなに申し上げておこうぞ」

この清水の提案に和七郎は、驚きの声をあげた。

「それは甚だ恐れ多きことにございます。時計のことは、拙者、在り来たりの様に戻しただけにござりますれば」

〝殿〟との言葉を聞き、和七郎は、緊張で顔が急にこわばった。

和七郎は、続けた。

「はばかりながら、かたじけないご説ではござりますけんど、筋から申さば、時計を壊した青山本人が拙者に対し何ぞ弁うだけにござりましょうに」

恐れ多くて、申し出を遠慮するために、ついそのような言葉を漏らしただけだったのかもしれない。しかし、清水はたたみかけるように尋ねた。

「ほう、なしてさように考えちょるんか」

和七郎は、ためらいながらも、返事せざるをえない状況になった。

「林先生から、これより時代は武士も算術や勘定を基によくよく物事の理を持たねば乱世を渡ってはいけん、ち教わりまして、それを信条のひとつとして肝に銘じております」

依然、武士は、損得勘定で物事を考えてはならない、とする時代であった。

清水は、続けて質した。

「もののふが町衆のまねごとをしぃと」

「いえ、さようなことっちゃござりませぬが……」

多言は慎まねばならない立場にあった。目の前にいるのは、いまや藩主にも直言できる実力者なのだ。和七郎のような一下級武士がそのような人物に自らの論を思いのままに展開することは許されないことだった。

清水は、思案しているようであった。

実は、和七郎には、気にかけていることがあった。

時計を倒した後輩の青山重伍のことである。何かと失敗の多い男ではあるが、和七郎を見ると子供の頃から人なつっこい表情を見せる憎めない人間であった。

今回の一件の内実は、基本的に現場に居合わせた四、五人しか知らないことであった。

和七郎が藩から褒美を受け取ると言うことは、宝物を壊した不祥事の一件に関して、噂の段階ではなく事の子細が文書として公に記録されなければならないことを意味していた。和七郎は、そのことによって青山に何らかの咎めが及ぶことを憂いていたのである。

「お主は青山という男は知っちょるんかのぉ」

清水は、和七郎の心を見透かしたように質問した。

「はっ、拙宅の近くでございまして、小さき頃より昵懇(じっこん)にしよりまする」

この言葉を聞き、清水は、何となく合点がいったように、うーむっ、と唸ると、丸い目が一瞬細くなった。

清水は、この件に関して、これ以上深く事情を聞くことはなかった。和七郎もまた、恐縮のあまり何も言うことができなくなった。

結局、清水は、最初から何事もなかったように今回の件を片づけることにし、青山に対しても実質お咎めが下ることはなかった。

しかし、清水は、この一件を通して、和七郎の算術、蘭学を基礎とした実務能力の高さと武士としての情の深さに大いに感じ入った。和七郎は、図らずも、藩内の実力者である清水から、〝使える人材〟としての評価を獲得することとなった。

清水は、その後、明に暗に和七郎に目をかけるようになっていた。

「奇瑞(きずい)なことじゃ。お前があの清水様から、かようにお取り立てしてもろうて……。将来が楽しみだのう」

父は、和七郎を褒めた。

和七郎は、小さい頃に母を病気で亡くし、この父と親子二人で暮らしていた。武士でありながら、親戚も少なく、互いに唯一の肉親としての愛情はひとしおであった。父は和七郎にとって、和七郎は父にとって、唯一の生き甲斐とも言えた。

父は、そのような自慢の息子であるからこそ、和七郎が、将来周囲の評判に見合った出世を成し遂げることを望んでいた。剣術をはじめとするいくつかの武術と四書五経だけをやっていればよいという時代であったが、父は、そのような旧来の武士の心得だけを押しつけることはなかった。

「お前は、学問に長じておる。だけぇ、自分の好きな学問をやればええ。それがお前が為すべきこととっちゃ」

家計はたいへん苦しかったが、父はこのように言って、和七郎が好きな学問を好きなだけ追い求めることを許してくれていた。いや、むしろそれを奨励していたと言って良い。

しかし、いつの頃からか、和七郎は、自分を褒める言葉を聞くと、心がきりきりと哀しく締め付けられるような感覚をおぼえた。

父は、自分の凡庸さを常日頃気にしていた。そのことは、父の口から直接漏れることはなかったが、父の笑顔の奥に潜む寂しそうな眼差しが、そのことを和七郎に教えていた。父は、常日頃自分を何となく卑下していて、同僚と議論になったときでも、自説を引き下げたり、言いよどんだ。冷静、真面目で子煩悩、優しいところが、その悲しさに輪をかけた。

父は、和七郎の成長だけを楽しみに生きているように見えた。そして、父は、五十を前にして和七郎に家督を譲り、早々と隠居していた。それは、父が数年前に足を悪くしてしまい、番方武士としては職務をうまく遂行できないことも原因のひとつであったが、むしろ、和七郎の将来に自分の望みを託しているように思われた。

和七郎は、身分が固定化された武士の世であっても、自分の力を最大限に発揮し、わずかであっても出世を成し遂げたかった。しかし、それは、自分のためではなく、世間体のためでもない、それは、ただ優しい父の期待に応えるためであった。

長州軍は強かった。

今回の戦争は、彼らにとっては、いわば藩の存亡をかけた戦いであって、戦に臨む心意気が違っていた。

長州軍は、田ノ浦に上陸すると、洋艦による海岸への砲撃の援護を得て、そこで待ちかまえる小倉軍に対して一気に総攻撃を仕掛けた。小倉軍は、おおむね慶長、元和の頃の旧式軍備と変わらなかったが、長州軍は、射程距離が驚くほど長い最新式の銃器を備え、軽装身軽で、動きは俊敏であった。そして、長州軍は、わずか数日の間に門司一帯を制圧し、その後も旧式装備と旧来の戦法で対応する小倉軍を容易に蹴散らしていった。

和七郎の属する隊も、予想外の敗走を続けることになった。

その後七月末の赤坂口の戦いでは、最新鋭のアームストロング砲を装備する熊本藩の軍が登場し、長州軍を一時的に撃退できた。

しかし、その後も自領であるのに人任せにする小倉藩の軍隊や、援軍を送ると言っておきながらまったく動こうとしない幕府軍に対し、熊本藩兵の間で不満が鬱積していった。というのも、はるばる遠征してきた熊本藩には、隣藩でもない長州藩に対してもともと私怨というものがまったく無かったのである。昨今急速に権威が落ちつつある幕府の命で、このような見知らぬ土地で、どういう義をもって、あるいは何を目的として、貴重な経費と人命を賭して戦わねばならないのか、誰も答えてくれなかった。

熊本藩は、そうしたもっともな理由から、そのうち後方へ退いてしまった。

そうこうしているうちに、将軍家茂が死去し、小倉に駐在していた幕府軍総督がなぜか軍艦に乗って逃亡するという前代未聞の事態を受け、小倉藩は完全に孤立してしまうこととなった。

果たして長州軍の小倉城下への侵攻は時間の問題となった。

八月一日、小倉藩藩主と重臣は、自らの居城である小倉城に火を付けて、内陸部へと撤退することを決めた。

すでに、内陸部へと移動していた隊に随行していた和七郎は、小倉城下に残してきた父のことが気になって仕方がなかった。

城下から多くの藩士家族が近隣のいくつかの寺に落ちのびてきていた。

「父上はいずこに」

長い間隊を脱して父を捜索するわけにはいかなかったが、わずかの時間を見つけて、宿泊場となっている寺々を足早に探し回った。

夕立が降り注いでいた。五つ、六つ目かの寺に着き、避難してきた人々が集っている講堂を見渡していると、見覚えのある隣家の御新造があわてた様子でこちらに走り寄ってきた。

「和七郎さんっ」

乱れた髪が化粧のない顔を覆って、うろたえた眼からは涙がこぼれんばかりになっていた。

その慌てた様子に、和七郎の心は一気に掻き乱された。

「どげぇなされましたかっ」

和七郎の心臓は、早鐘を打つかのように鳴動した。

「申し訳ございませぬ、お父上が……」

後は、泣き声とも、うめき声ともつかない言葉が続いた。

父は、自宅で自害していた。

小倉藩兵は自ら小倉城に火を放ったが、その知らせを受けていなかった城下在住の藩士家族は、何が起きたのかまったくわからず、大いにとまどった。町人は、長州軍が攻めて火をつけたと考えて、大混乱に陥り、早々に逃げ出した。

とはいえ、城からの正式な命令がなければ、藩士家族はどこかに逃げ出すことは許されなかった。そうこうするうちに、やっと城からの使いの者があわただしく駆け回ってきて、城下に残っていた家族らは事の次第を初めて知った。当然のことながら、伝令は、和七郎の父が一人居住する松田家の屋敷にも来ていたはずである。

しかし、隣家の御新造が出立の身支度を調え、土塀をひとつ隔てた和七郎の父の許へ呼びに出ると、父は閉め切った居間で首を掻き切っており、すでに息も絶え絶えの状態であったという。

和七郎は聞いた。

「なして自害を」

「わかりませんけんど、もしかすっと、お達しが来る前にお城から炎が上がっとるんを見て、生きる望みを失くしなさったんかもしれませぬ……」

御新造は、すまなさそうに頭を垂れながら返事をした。胸の前にぎゅっと結んだ両手が小刻みに震えていた。

「さすれば、父は、最期何ち」

「それが、もう息も絶えちょって、なんもお言葉を聞ききらんやったんよ。ほんにすまんこって……」

「父上が……」

和七郎は、絶句した。

真夏の夕べ、熟れた西瓜を食べながらつい先日まで二人で将棋を打っていたあのくつろぎの空間で、父が畳を血で赤く染め、息も絶え絶えに自分の名を呼ぶ姿が、和七郎の脳裏を去来した。

和七郎は、呆然となった。寺の講堂の奥に鎮座する如来像の眼（まなこ）が、鈍く黄色い光を放って、和七郎をじっと見据えていた。

和七郎は、もう一度父がそのとき何を考えていたのかを理解しようと努めた。

「いや、城が燃えとるんを見たからっちゃないやろう」

和七郎は、心の中でつぶやいた。

父の性格を知っていた。冷静で実直な父は、炎の上がる城を見ても、藩からの使いの使者を静かに待っていたに違いない。そして、使者が来て、事の次第を間違うことなく聞いたであろう。

ただ、父は、ここのところますます足の自由が利かなくなっていた。これから慌ただしく準備を整え、まだどこかも知れぬ遠地まで逃げ延びるためには、隣家や親戚に多大な迷惑をかけることになると思ったかもしれない。最悪の場合、そのような親切な人々を巻き添えにして、敵の手にかかり、共倒れになると思ったかもしれない。そのことを考えると、遠慮深い父は、心がしめつけられる思いであっただろう。

いや、それだけが理由ではないかもしれない。父の心根では、これから生きながらえたとして、自分は、主君、息子、周囲の人々に何が貢献できるだろうか、そのような思いが瞬間的に駆けめぐったかもしれない。自分は、本当にこの世に生きながらえて良いのだろうか、と……。

先の大地震の際も、落ち着きはらって茶をすすっていた父である。父が何かに狼狽する様を想像することはできない。

いずれにせよ、父は、冷静な判断の下に、自分の力で自分の人生に幕を引くことを選んだはずである。

出陣する前、父が別れ際に言った言葉が思い出された。

「和七郎、思う存分戦ってきぃ。家のことは顧みずともよい」

父は、そのときから、万が一の事態を決心していたのであろうか。それは、父の深い愛情であったのか、あるいは、父の心の奥底に仕舞われていたまことの武士の胆気であったのか、今となっては、そのことを聞くべき父はこの世にいない。

父の死……。繰り返し否定しても打ち消すことのできない悲しい事実が、和七郎の胸を何度も締め付け、心を震えさせた。

境内の塀沿いに咲き乱れる真っ青な夕顔の花々が、雨に濡れて一様に重く垂れ下がっていた。和七郎は、流れる涙をとどめることができなかった。


こうして、和七郎の戦い、そして松田家にとっての約三百年ぶりの戦い、は終わった。この戦(いくさ)は、後に小倉口の戦いと言われるようになった。

小倉小笠原藩は、完膚なきまでに叩きのめされた。

後に漏れ聞いた話ではあるが、藩の実力者清水は、藩内で秀才と誉れの高かった息子の清水正尚をこの戦いで亡くしていた。


和七郎は、長州を憎むことになった。

しかし、それは、戦に負けたことによる悔しさや、長く苦しい生活が始まったことによる恨みから来る単純なものではなかった。

算術や蘭学など新しい思考方法に傾倒していた和七郎にとって、長州軍の新式装備、改善され組織化された近代戦法は、むしろ本来愛すべきものであった。その愛すべきものが、これまでの自分の存在基盤である藩を葬り去り、かけがえのない父を亡き者にしたという事実に、割り切ることのできない矛盾を感じていた。そのことが、和七郎の理性を複雑に狂わせていた。すなわち、和七郎の長州に対する憎しみとは、嫉妬心が半分あることは事実だが、残りの半分は、回り回ってそこにしか自分の煮え切れない気持ちを持っていくことができないというような何とも説明の付かない消極的な帰結と呼んでも良いものであった。薩摩人に対しては、合戦で手合わせしたわけではないため、特別な敵愾心はなかったが、直接的に戦った隣藩長州に対しては、永遠に消し去ることのできない奇異な感情が宿ってしまったのである。

また、和七郎は、近年のごく短期間のうちに、世の中の根本に横たわる考え方が大きく変化していることを感じていた。

明治という新しい時代では、商業・経済といったそれまでの武士階級から見れば何やら俗っぽいものが、やたらと重視されるようになった。何事にもカネ次第となり、武士が長らく拠り所としていた価値観や儒教から来る倫理観なんぞは何の役にも立たなかった。何ごとにおいても金銭的尺度を以て測ることが求められているのであり、そのことに長じることこそが、明治人が〝生きる〟ための唯一の術となった。

和七郎も、新しい世の中に対応しようと努めた。下級武士であるからこそ、古い時代に未練を残す必要はなかったのかもしれない。

そして、和七郎は、結果、自分でも気づかないうちに、周囲から見れば無感情でカネ勘定に細かい世俗人間へとなっていった。

士族の悲哀

先の小倉口の戦争以来わずかの期間で、日本の歴史上最大の大変革が行われた。徳川政権が駆逐され、年号が明治へと変わり、薩摩と長州が中心となって新政府が樹立された。

先祖来仕えてきた主君がいなくなり、藩の名称も県へと発展解消され、中央から県中枢部へ役人が派遣された。家禄によって生活を維持していた士族は、世間から〝無為徒食〟〝平民の厄介〟と批判され、その存在は、政府への建白書でも新聞の投書欄でも遠慮なく叩かれた。

武士は、これからどうやって生きていくべきなのか、これから何のために生きるのか、誰もその明確な答えを持たなかった。そのようなことを考える暇があれば、とりあえず明日から自分の生活の糧をどう確保していくのか、そのことがほとんどの士族が優先して考えねばならないこととなった。

小倉も、他藩の例に漏れず、紆余曲折を経てその多くの所領範囲が、小倉藩から小倉県という近代的体制へと変わった。

この時期、小倉の士族には、大きく分けて主に二つの選択肢があった。軍人や事務職、教員等の官職に就くか、士族が自ら商売を行うか、のいずれかである。

ただし、官職に就くという選択肢は、明治六年に政府内で征韓論が破れて軍人の需要が後退したため、その職数自体が減ってきていた。

もともと微禄の者や、禄の付かない武家の次男、三男などは、武士社会に早めに見切りをつけ、官職をはじめ他の職を模索する者が少なくなかったが、そうではなく家督を継いだ自尊心の強い長男などが、皮肉なことに時代に取り残された。

そして、九州出身者で官吏に採用されなかった士族の間では、反政府の立場を採る者が多く生まれて、その一部がいつの間にか後の自由民権運動、すなわち、議会創設を要求する反政府の運動へとつながっていった。

政府は、予算削減のため、士族に対しての秩禄処分、すなわち、士族階級の先祖来の俸禄を一時払いの公債へと振り替えてその年金生活を廃すことを目指した。依然として武士が商工業を生業(なりわい)とすることを厭う時代ではあったが、士族は、このような一時的資金や政府や県からの補助的な出資を得て、今後の生活基盤を自らの手で新たに創り出していかねばならなかった。

さて、旧小倉藩士族は、どうなったか。

敗戦後、領地を一時長州に奪われた小倉藩の財政は、他藩に比べても一足早く窮乏化し、下級士族は、即時に生活の糧を探さねばならない立場に追い込まれた。

維新後、和七郎は、紆余曲折を経て、旧藩士族らが主導する養蚕・製糸事業「晩翠社」に職を得たが、この組織では、上士は手の汚れない管理職であって下士はあくまでも現場作業という、従来同様の動かしがたい身分制度があらかじめできあがっていた。

県からの援助は多少得られていたが、和七郎がいくら具体的な業績改善案を申し出ても、頭の硬い旧家老で構成される経営陣は、経済性の伴った経営施策を打ち出すことはできず、業績が上向くことはなかったのである。

明治九年、小倉県内の多くの地域は、福岡県の一部として取り込まれた。

また、明治十年から十一年にかけて、政府の方針転換により、士族が保有する公債を元手にして銀行を設立することが認められたため、泥臭い仕事を嫌う士族の公債提供や地元豪商の出資により、全国各地で多くの地場銀行が設立された。

長年旧藩の経営運営に携わり、維新後は県の権大参事を務めた清水可正（よしまさ）は、さらに養蚕事業の近代化に貢献した後、地元財界の中心人物となっていた仲間とともに当地に第八十七銀行を

設立していた。（注2）

しかし、この小倉の銀行業は、多くの困難にぶつかっていた。いや、小倉に限らず、にわか勃興した諸処の銀行は、この頃ほとんどが苦境に陥っていたと言って良いだろう。

というのも、農民、士族らを中心に事業意欲自体は旺盛で、銀行にとっての借り手需要は多かったのだが、それらは事業の見込みなく起業されていることがしばしばで、多くの借り手が数年も待たずに借金を返せなくなっていたからである。それらの新事業会社から銀行が貸金を取り戻すことはまことに困難で、取り戻すことができたとしても担保として確保した田畑くらいであった。そのような田畑をもらっても、銀行職員自らで耕すことはできず、その土地を適正な値段で売ることも容易ではなかったため、銀行の資産は、年々減少しつつあった。

第八十七銀行をはじめこの当時の金融業に最も必要なことは、事業の現況を十分に把握、その将来性を冷静に判断し、その結果として不採算事業への貸し出しを切り捨てることにあった。情に頼らず合理的な根拠を以てそれぞれの事業の将来収益を見通すという、近代的債権管理ができる人材を必要としていたのである。

この経営の危機に際して、清水は、養蚕事業でくすぶっていた松田和七郎を、自らが経営する第八十七銀行に引っ張ってきた。清水は、和七郎の持つずば抜けた算術能力と目端の利いた実務遂行能力と経済感覚を高く評価していた。

和七郎は、銀行に入ると、水を得た魚のように活躍した。

和七郎は、冷静に貸し出し先の事業の採算性を判断し、時には冷酷に不採算事業の整理を行った。役に立たない旧藩高禄の経営者を思い切って追放し、能力のある下士、農民を雇用し、費用低減のためにまじめな婦女子等を採用するなどの施策を行うよう、貸出先の会社に対して経営指導を行った。

そうして、和七郎の活躍もあって、第八十七銀行は、いったん傾きかけた経営をひとまず安定した軌道に乗せることに成功した。そして、和七郎は、ごく短い期間で昇進を遂げていった。

清水は、和七郎の活躍に目を細めて喜んだ。自分の目に狂いはなかったと、自らの人選能力に自信を深めた。優秀な息子を戦争で亡くした清水にとって、年齢の近い和七郎は、わが子のように可愛い部下であった。

しかし一方で、清水は、最近の和七郎の差配に、何とも説明の付かない違和感を感じつつあった。

(注2) 清水可正は、天保八年生。旧小倉小笠原藩士、小倉県(豊津藩)権大参事、第八十七銀行を創立し頭取を務める。後に、門司築港株式会社設立。

もちろん、和七郎の計算能力や事務処理能力は、まったく申し分ない。いや、近頃はむしろ以前にもまして銀行実務に手慣れたようで、大きな業績をあげていた。ただ、和七郎が、あまりにも冷徹かつ果断に無能経営者を切り捨て、銀行収益のみを最優先させていることにとまどいを感じていた。

「以前はもっと細やかな配慮を持ち合わせちょるもんやったけんど」

和七郎は、清水が期待する以上の仕事人間になってしまっていた。

明治十九年年初、旧正月が済んだ頃であった。

清水は和七郎を自らの執務室へ招いた。この頃、清水は、第八十七国立銀行の頭取を務め、和七郎は、大口事業向け貸付担当の重役となっていた。

和七郎は、清水の執務室に来ると、肘載せの壊れたいつもの古ぼけた椅子に座った。

最近銀行の経営が上向きとなっていたため、買いかえれば良さそうなものだが、清水はこのぼろぼろの椅子を客に対しても使い続けていた。というのも、この椅子は、清水が顧客と交渉する際の実用的な交渉道具であったからである。

依然、金品の無心のために銀行を訪れる者が絶えない時代であった。たいていは、銀行の窓口の段階で対応できるのであるが、時として、そのような方法では断ることのできない大物も借金の申し込みにやってきた。清水は、そのような人間が来ると、まず、この椅子に座ってもらった。そして、いかに銀行が慎ましく、厳しい経営を続けているかを暗に知らしめ、相手を納得させる交渉を行うのであった。

椅子に限らず、清水の部屋は、全体としてもたいへん質素なたたずまいであった。壁には、一切の装飾はなく、卓上には、さびた刀鍔（かたなつば）が、緊急案件書類を抑える文鎮に成り下がっていた。

執務室に招かれた和七郎が長いすに腰掛けると、その鍔が目に入った。

「頭取。この鍔（つば）は、もう赤錆が出とりますけんど」

「ああ、そうやな」

清水は、気のない返事をした。

和七郎は、清水の表情が一瞬曇ったことを見逃さなかった。

清水の眼尻には、長年の苦労のせいか、皺が深く刻まれていた。和七郎も、齢四十の半ばに差し掛かっていた。

「事務の者に、新しい文鎮買わせましょうか」

「いや、これでいいっちゃ。特に辛抱しとるわけでもないんやけ」

和七郎は、清水のぎこちない態度に違和感を持ったが、あくまでも上司と部下という関係である。和七郎は、この誰のものとも知れない刀鍔についてこれ以上深く尋ねることはしなかった。

「ところで……」

清水は、厭うように話題を変えた。

「最近、養蚕会社の貸し付けの具合はどげんか」

和七郎は、答えた。

「なかなかカネの回収が進んどりません」

清水は続けた。

「いやまあ、そんでもお主は仕事をようがんばっちょる。ち言うより、がんばりすぎかもしれんけんど」

「はっ」

和七郎は、清水の意図がわからず、また何と答えて良いかもわからず、戸惑った。

清水は、昨日和七郎から回されてきた債権処理の案件書類を一瞥すると言った。

「今回も、そうとぅ整理したようやな」

「はあ、そんでもまだまだ経営実態がようわからん会社は残っとります」

「将来性のない会社ばかりっちゃあないやろうに」

清水は、窓へと向き直すと、カーテンを少し開けた。

清水の肩あたりから突然漏れた冬の低い日差しが、和七郎の視界を遮った。

和七郎は、少し受け身になるような感じになって、あわてて答えた。

「そうですね。これからの景気次第っち言うところも多少はあるようですが」

清水は、小さくうなずいた後、黙っていた。何か考えを巡らせているようにも見えた。

和七郎は、旧来の上士、下士関係の影響からか、緊張して適切な言葉を見つけることができなかった。

清水は、振り返って質した。

「お主は、こん前、旧藩徒士（かち）らが協同で始めようとしちょった茶畑の開墾事業を認めんかったそうじゃのぉ」

「はっ、それはもちろん、……もう何度も苦渋を舐めちょりますけ……夢も大事ですが、採算の出んものは、結局、返済も立ちゆかんごと（立ちゆかないように）なります」

清水の質問は続いた。

「お主の『採算』とはどげんしたもんじゃ」

「場所や時機によっても計算は違っとりますし、商売の種類によっても計算方法は違います。とにかく数字は重要です。ただ、士族は、モノを作っても、なかなか頭を下げてそれを売りさばくことがでけんちゃけ、事業にはもともと向いとらんようにも思っちょります」

「士族がもともと向いとらんちゅう言い方は、きちいのぉ。そんで、最近、旧藩のやつらをえらい切りよんかい……」

清水は少し問い詰めるような口調になった。

「松田、お主は、そんでええんかいの」

和七郎は、少し顔をこわばらせて答えた。

「ですけんど、頭取、銀行の経営が安定するんなら、ひいては、別の良い案件に対して長期的に安定した資金ば回せますけん」

清水は、薄く汚れた白壁を見つめてしばらく沈黙した後、ひとりつぶやいた。

「あの徒士めらは、これからどないやって暮らすんかのう」

清水は、和七郎の目の前に座ると、続けて意見した。

「あんまり厳しゅうすんなら、これから新しいことをやろうとする者(もん)がいっちょん(まったく)出てこんようになるぞ」

「うちは、銀行屋ですけぇ、新しい事業と言われましても……」

和七郎は、口ごもりながらも、珍しくあえて逆らった。

自分が中心となって銀行経営を立て直したという自負もあった。こと融資に関しては、担当重役である以上、自分の立場を明らかにして、その行動指針を伝えておきたかった。

「客の意見も、ちぃと聞きぃ……」

と言いかけた清水は、和七郎の顔を一瞥すると、うーんと唸って、腕組みをしたまま動かなくなった。

しばしの沈黙のあと、その間を厭うように清水のほうから話を変えた。

「そうそう、明日なんやけど、熊本から嘉悦さんという篤志家がまた来よるんだが、お主も出ちくれ」

「あぁ、あのお方ですね」

和七郎は、顎髭を蓄えた嘉悦の顔をすぐに思い出した。

嘉悦氏房は、熊本出身の士族で、明治に入って西郷隆盛に請われて政府に出仕し、その後地元熊本県の権参事を務めていたが、後から聞いた話では、土佐出身の熊本県令（現在の県知事に相当）安岡良亮と何がしかの件で争論して、野に下り、現在では地域の殖産、教育に尽力する名士となっているということだった。

前回の嘉悦の訪問の目的というのは、九州に民間主導の鉄道を建設することであった。

嘉悦は、すでに熊本側の民間鉄道敷設協議会の世話人的な立場にあって、在地の主要銀行を伺い回っていた。

一方、福岡側では、県令の岸良俊介が鉄道局に上申して、民営鉄道敷設の事前調査のために官員派遣を要請したものの、あまり色よい返事はもらえなかった。鉄道局は、国主導での鉄道敷設、すなわち、いわゆる幹線官営主義にこだわっていたため、九州での鉄道建設の夢は、事実上、当分の間、先送りされていた。

「承知しました。同席させていただきますけん」

和七郎は、この鉄道の話を、前回初めて聞いたが、このとてつもない大きな事業規模の案件に驚いた。和七郎は、この件については今なお及び腰であって、ただ面会という形だけとりつくろうつもりでいた。

翌日昼過ぎ、和七郎がいつものように執務室で融資案件の書類に目を通していると、何者かが扉をコンコンと叩いた。

「誰?」

集中を突然妨げられた和七郎は、自分では気づかないほど少し不機嫌な声を出していた。

「嘉悦様がお越しでございます」

秘書の声だった。

「ああ、そげぇ時間か」

和七郎は、ふところから真新しい懐中時計を取り出した。

見覚えのある隆とした身なりの和装の男が、清水の執務室の例の椅子に収まっていた。以前歳は六十ほどであると聞いたが、相変わらず歳には似つかない仙人と見まごうばかりの長い白髭を蓄えていた。整然と突っ張った和服が、男の硬派な印象を強調していた。

「こんたびは、はるばる小倉までご足労してもろうて」

清水は、会話の口火を切った。

「いや、また同じちゃあ同じことばってんが……」

嘉悦は、いかつい風体とは対照的に謙虚な態度で話し始めた。

嘉悦の用件は一年前と同じで、九州での民営鉄道事業の出資の件であった。嘉悦は、清水ら第八十七銀行に、福岡の民間の名士を束ねて、この機運を盛り上げてほしいことも要望していた。

ただ、この件に関して、頭取の清水は、依然中立だった。

清水は、和七郎に対して、この案件を進めるとも進めないとも言っていなかった。福岡と熊本の金融界を束ねてもそのような巨額な資金はとても集まらないことは明らかで、銀行設立以来最大の融資案件に二の足を踏んでいた。

嘉悦は、続けた。

「政府に任せとくんなら、東京近郊の鉄道整備が最優先され、いつ九州に鉄道敷設が実現するんか、わからんですけん」

明治に入って十数年経っていたとはいえ、徳川幕藩体制から続く分権的な意識は、各地方で依然根強いものがあった。地方は地方で何とかしたい、その思いで、全国各地では、政府をさしおいて民間の力だけで鉄道を建設するという構想が練られていた。

嘉悦は、今回は、鉄道建設に必要な資本額と当面の収支見込みについて具体的に見積もった事業計画書類を携えていた。

実務家らしく、それは、一応精緻に計算されていたようだが、清水や和七郎などの銀行員にとって、鉄道建設という規格外の投資計画における空想的な収益見通しは、特に、意味のあるものではなかった。

和七郎は、清水の言葉を待っていたが、清水は、書類の末尾に付属している鉄道予想絵図を眺めていて、何も言わなかった。

「ちぃと、うちとしては、なかなか規模の大き過ぎる話ですな」

和七郎は、清水の心中を慮ったつもりで、先に返事をした。

しかし、嘉悦は、両膝をにじり寄せて言った。

「東京の鉄道と同じごつ、九州でも鉄道事業の収益はあがるとです」

嘉悦は、今回ばかりはと、意気込む姿勢をみせた。

和七郎は、銀行生活を送る中で、融資話を遠回しに断る術を身に付けていた。

このような時は、いきなり拒絶すると、相手がけんか腰になってしまい、むしろ問題をこじらせることが多いのだ。長話をできるだけ最後まで聞いてあげ、相手が言い尽くして何も言う材料がなくなる頃を見計らって、客観的な数値や経済状況を説明する。そして、その反論しがたい事実を基にして、少しずつ銀行側の消極的な姿勢を匂わしていく、これが和七郎のいつもの作戦であった。

和七郎は、いつもの手法に則って、嘉悦の話を最後まで聞くことにした。

しかし、嘉悦は、和七郎らが黙っていれば、自らが持ってきた事業案を永遠にしゃべることができるという型の人間だった。しかも、その口調は、いつまでも熱かった。

和七郎は、嘉悦の勢いに少し戸惑った。

さらに、嘉悦は、意外な行動をとった。

「ほんなこつ言えば、こぎゃん事業計画や見積もりはほとんど意味がなかとはわかっとります」

そういうと、自分が持ってきた事業計画の紙を、ぐいと横に押しやった。

和七郎と清水は、思わず、

「えっ」

と言って、顔を見合わせた。嘉悦の口元が緩んだ。

たしかに、このような巨額出資話は、そのような空想的数字を基礎として議論を進めるべきものではない。嘉悦は、本心をさらけ出すことができる人間であった。

和七郎は、常日頃このような正直な人間とは商売がやりやすいと感じていた。

「この人は、銀行の立場をわかっちょる。また、我々も何か彼に対して特段表面を取り繕う必要もないやろう」

和七郎は、心の内でそうつぶやいた。

そうした共感と、わざわざ小倉まで遠出して壮大な夢を語る嘉悦の情熱的な姿に気持ちがほだされたそうになってしまった。これは、これまでの銀行業務で経験したことがない感覚であった。それはうまく言葉で表現することはできないのだが、嘉悦の人としての魅力そのものが、和七郎が銀行員として十年来培った強固な理性をも揺るがしているようであった。

和七郎は、清水も同じような気持ちになっているのではないかと感じていた。

しかし、それでも銀行商売は銀行商売である。和七郎は、同情に傾く自分の心性を振り払うかのように告げた。

「嘉悦さん、我々ではなく、政府に直接請願したらどげんですかね」

嘉悦は、思いがけず、視線を下げた。

そして、間をおいて、小さな声を絞り出した。

「今の薩長政府には頼みとうなかとですよ」

熊本では、明治九年に神風連の変で反政府暴動が起こり、その数カ月後翌十年の西南戦争でも一部の旧藩士が賊軍支援に回り、多くの有望な若者を戦場で失っていた。いや、熊本に限らず、九州のその他の県も程度の差こそあれ、どこも似たような状況であって、十年経った現在でも、そこかしこに反中央の雰囲気が残っていた。

そして、結果的に、実質的に反政府活動を行っている民権派に対して、民衆の根強い支持が広がっていた。嘉悦が、熊本における民権活動家の主要人物のひとりであることはよく知られていた。

小倉藩出身の清水と和七郎も、嘉悦のそのような複雑な心情と士風を汲み取ることができた。もちろんそれは、熊本の神風連の変や西南戦争での敗戦意識やその後の悲哀が、和七郎が経験した小倉口の戦いにおけるそれと、精神のどこかで同根であったからであった。

しかし、和七郎は、この時点で、嘉悦の心底に深く踏み入ることはしなかった。長年銀行員として培った矜持が、そういう馴れ合った関係が貸し手と借り手の間で形成されることを拒んでいた。和七郎は続けた。

「九州にはお金がないっちゃけ、やはり政府に頼むしかないと思いますけんど」

再度だめ押しをするような感じで言ってみた。

「……」

嘉悦は、交渉に行き詰まって、押し黙ってしまった。

気を遣った清水が、やっと口を開いた。

「十七銀行さんはどげぇ対応なさったんやろうか」

第十七銀行は、博多で設立されていた国立銀行である。小倉の第八十七銀行よりも、規模で大きく、旧福岡黒田藩とのつながりもあった。

「十七銀行さんは、話も聞いてもらえんとですよ」

嘉悦は呻くような声を絞り出した。

しばらく経って、嘉悦は、清水や和七郎らが率いる第八十七銀行とて嘉悦の期待にうまく応えられそうにないことを、理解してくれた。

「そんじゃあ、また、お伺いしますけん」

嘉悦は名残り惜しそうに言うと、みけんに深い皺を刻んで痛恨の表情を浮かべた。

一年前に加えて今回も再び断られた。当面の間、いやもう二度とこの民営鉄道建設の件で第八十七銀行に打診できないかもしれないという厳しい結果を突きつけられた。そのことが、両者の間に張り詰めた空気を生んだ。

清水と和七郎にとって、このような交渉結果はよくあることであったが、やはり気まずいものであった。

と、清水は、その雰囲気から逃れるように言った。

「そういやあ、今度岸良さんの代わりに福岡県令に内定したお方は熊本のご出身っち言いよりましたが」

嘉悦は、えっ、と言って振り向いた。

「何ちゅう人ですかね」

「あぁたしか、安場さんち言う御仁ですけんど」

「えっ、あの安場が！」

老兵が思わず出したひときわ大きな声が、頭取室の窓硝子にビリビリと鳴り響いた。嘉悦の思いがけない鋭敏な反応に清水も和七郎も少したじろいだ。嘉悦は、興奮を押さえきれない様子で続けた。

「安場は、よう知っとります」

嘉悦の話によれば、新任県令の安場保和氏は、私塾の同輩であり、嘉悦氏と同じ頃に政府に出仕し、互いに胆沢(いさわ)県大参事を務めたという経験もあって旧知の仲ということであった。

後で他人から聞いたことだが、嘉悦と安場保和は、松平春嶽の政治顧問で幕末坂本龍馬にも講義し新政府の参与にまで昇り詰めた熊本の横井小楠が主宰していた私塾小楠堂に学び、嘉悦と安場の両人はほかの二人、山田武甫（後に敦賀県令）、宮川房之（後に長崎県令）とともに「熊本の小楠門下の四天王」と呼ばれる中心人物であったということだった。

嘉悦は、先ほどとはうって変わって元気を取り戻し、意気揚々と帰っていった。

清水と和七郎は、嘉悦を銀行事務所の玄関口まで見送った。執務室へと戻る際、和七郎がいつものように清水の後に従っていると、清水が、廊下の中程で急に足を止めた。

「どげえかな、この融資話は」

和七郎は、清水の質問の意図するところがいまひとつわからなかったが、率直に思うところを答えた。

「採算はとれんでしょう。あまりにも費用が高すぎますけ」

わけがわからないものに、おカネは出さない、消極的と批判されても、それが銀行経営を長く続けていく上での金言名句であると、和七郎は固く信じていた。

清水は、廊下で窓の外にしだれかかる梅の木を眺めていた。枝の先にあるいくつかのつぼみの中心から放射状の赤みがさして、早春の澄み切った空に向かって、華やかな花を今まさに開こうとしていた。

清水は、ちょっと考えたふりをしたあと、ゆっくりと口を開いた。

「わしももう歳とったんやろうか……。小倉城の梅がなつかしいのお」

清水の目が少し細くなった。

「どげんかな、嘉悦さんの話は。今、すぐ結論出さんちゃ(出さないでも)ええんやないやろか」

和七郎は、清水の静かではあるがそれでも自分の気持ちを押し通すような言葉遣いに、その秘かな決意を感じ取った。

「頭取は、前向きになっとる」

そう確信した。

清水は、ガラス越しにしばらくの間、梅の風雅を楽しむと、地面をつかむようなゆっくりとした足取りで執務室へと戻っていった。

渋沢、大倉、藤田

明治十九年三月、安場保和が福岡に赴任してくると、嘉悦は、すぐさま安場と面会し、福岡県令安場が民営鉄道建設に積極的に協力するという言質をとってきた。(注3)

安場は、明治五年岩倉使節団に加わり欧米を視察した経験があり、交通機関とりわけ鉄道の発達が産業振興にはたいへん重要であることを理解していた。実際に、熊本の私塾小楠堂で同輩の太田黒惟信や、政府の重鎮岩倉具視卿らとともに、明治十四年、「東京〜高崎」間で建設された日本初の民営鉄道、日本鉄道会社の設立に参画した経験があった。

これらの路線は、当初、大幹線と呼べるものではなかったので民営として建設、運営されたが、政府鉄道局は、東海道、山陽道、九州道といった主要な路線においてはあくまでも政府の独力で建設、運営するという幹線官営主義を堅持していた。

八十七銀行頭取清水可正は、福岡県令の安場に呼ばれて福岡県庁に行き、計画されている民間主導による九州の鉄道事業につき、全面的な協力を行うよう要請を受けた。

清水は、小倉の銀行に戻ってくるなり、和七郎を自室に呼んだ。

「松田君」

「は、何でしょうか」

和七郎は、安場が福岡へ赴任して以降の安場の積極方針を知らなかった。清水はおもむろに切り出した。

「九州鉄道事業のことなんだが」

「え、あれからまた嘉悦さんが何ちか言うてきよりましたか」

と、和七郎はいぶかって言った。

安場 保和

（注3）安場保和は、天保六年生、旧熊本藩士。政府要職や胆沢県・酒田県大参事、愛知・福岡県令等を務める。男爵。娘婿は後藤新平。

「いや嘉悦さんじゃないんやけんど……実はなあ、今度来た安場県令がなあ、前も鉄道事業の経験があるもんで、だいぶ積極的になっとられる」

清水は、机の上にある九州鉄道事業案の書類と、先行する日本鉄道や山陽鉄道の参考書類を用いながら、状況の変化を詳細に説明した。

「そこでじゃ……」

清水は、体を起こして膝の上に両手を突っ張ると、緊張する和七郎を下に見据えてこう告げた。

「実は、お主にここの銀行を外れちもろうて、しばらくは鉄道会社の設立準備で博多と行ったり来たりしてもらおうと思っちょる」

和七郎への突然の転属命令であった。

「えっ、頭取、今何と」

清水は、平然とした顔をして、和七郎を見据えた。

「博多じゃ、博多。お主は、経営の指導がうちじゃあ特に専門なんやけ、向こうでも、うまくでくるやろう」

和七郎は、面食らった。

「いえ、いえ、私は、まだまだ、銀行専門でやることが山のように残っとりますんで」

と、和七郎の反論が終わるか終わらないうちに、清水は、かまわず続けた。

「わしは、この小倉の銀行をもっとしっかり作り上げんといけんし、安場さんから門司の築港問題にも協力するよう頼まれちょる……」

「はあ、すると門司の港も同時並行ですか」

和七郎の目が泳いだ。

「そんで、もう何やら言うても、小倉からは動けんちゃけぇ、お主に、鉄道事業の指導をして欲しいんよ」

突然の指名だった。

門司の浜は、小倉の東三里ほどの近接地であるが、博多は逆の西方八里以上も離れていて、仕事は泊まりになる。

九州鉄道建設と福岡県が進めている門司築港という二つの事業に関しては、一人が博多と小倉を行き来して両事業の経営に同時に携わることは難しかった。

清水の右腕とも言える和七郎は、清水の意図するところを容易に察することができた。

和七郎は、不安で心が波立った。

「私は、鉄道のごたることは、何も知らんのですけんど」

清水は、和七郎の目から動揺を悟ったようで、それをなだめる口調となった。

「誰も、鉄道事業のことなんち、知らんよ。なんせ、知っての通り、九州じゃ初めてのことだけんな……」

「それで、私は何を」

和七郎が、訝るような目をして言いかけると、清水は、すぐさまたたみかけるように諭した。

「カネのことじゃ、……カネ。鉄道事業は、カネがごつうかかることはわかちょる。お主には、当面カネのことを見てもらえんやろか」

こうした特別の要請に関しては、清水と和七郎の立ち位置は、旧藩以来の上士、下士関係になった。

個人的事情や保身などのために、上士からの命令を拒否したり、その意向に疑問を挟んだりすることは許されなかった。ましてや、和七郎は、数年前、養蚕会社でやるせない仕事をやっていて、長らく燻っていたところを、清水によって、いわば〝拾ってもらった〟身分であった。

頭取清水の決定に従うこと以外に選択の余地はなかった。

「わ、わかりました……。私ができる限りのことであれば、やってみましょう」

和七郎は、命令を受諾せざるを得なかった。

とは言ってみたものの、和七郎にとって、正直なところ、それはあまり気の進む仕事ではなかった。

その最大の理由は、やはり、鉄道事業に関して何の知識も持っていなかったことにある。和七郎は、養蚕、茶の栽培、貿易など、地場で長年の間行われてきた事業について、これまでその収益性や将来性を吟味する際に、経験に基づく何らかの〝勘〟をも発揮させることができた。

しかし、鉄道建設は、和七郎にとって、初めて接する事業である。そのような巨大で、海のものとも山のものともつかないものについて、これまでの経済感覚をそのまま適用する自信はなかったのである。

和七郎は、清水の紹介で、県知事の安場と面会し、九州における民営鉄道事業のあり方について話し合った。

井上 勝

まずは、何はなくとも、民営鉄道事業自体を政府に認めてもらうしかない。
その年の四月、和七郎は、安場と共に、鉄道局長官井上勝と面会するため、東京に行くこととなった。
井上は、長州藩出身であり、幕末期に、長州藩の資金を流用して伊藤博文らとともにジャーディン・マセソン商会の船で英国に渡り、ユニバーシティ・カレッジ・ロンドンにて鉱山や鉄道について技術を習得した。帰国してからは、鉱山兼鉄道頭や工部大輔などを歴任し、その後は鉄道行政を実質的に牛耳っていた。いわゆる長州五傑と呼ばれる留学組の一人である。

旧小倉藩出身の和七郎は、井上が長州出身と言うことで、少しおっくうな気分であった。しかし、井上は、多くの長州出身官僚と異なって、一度も幕末や維新後の戦に関わっていない典型的な文官であるため、ことさら過敏になる必要はないと自分に言い聞かせた。

安場は、自分の政府官僚時代には、井上との専門領域が異なっていたためあまり接触はなかったが、五年前に日本鉄道会社を岩倉卿などとともに設立した折りに、鉄道局とさまざまな折衝を行う必要があり、何度か面識はあった。

井上が率いる鉄道局は、関西方面の鉄道整備のため一時神戸に事務所を移していたが、この二カ月前に東京の旧工部省庁舎へと再移転し戻ったばかりであった。井上は、いまだ整理が済んでおらず雑然とした執務室内で、安場と和七郎を待っていた。

安場は、部屋に通され、井上を見とめるとすぐに言葉を発した。

「ごぶさたですな」

「ああ、これはこれは安場さん、福岡へご栄転おめでとうございます」

年下の井上は、祝辞を述べた。井上は、真新しい洋服に身を包み、いかにも高級官僚といった清潔感を備えた人物であった。

「いやあ、こういうのは、都落ちっちゅうんだよ」

安場は、薄くなった頭を掻きながら、笑って答えた。そして、和七郎を紹介して、井上の勧めるままに長椅子に座った。安場は、井上の机の上に山積みとなった書類にちらっと目をやると、井上に言った。

「最近は、全国から鉄道事業申請が出とるようだが」

「いやあ、たいへんです。それもこれも、安場さんが立ち上げた日本鉄道が営業的に成功してしまったからですよ」

井上は、冗談交じりで安場に文句を言った。

安場は、続けた。

「まあ、これからは、どうなるかわからんけどね。ただ、またうちも九州でまた鉄道事業を始めたいと思っておるんだが」

井上は、知っていたかのようにいったんうなずくと、安場を正面に見据えて言った。

「知っております。そのことなんですが……」

井上は、少し言いにくそうな体になった。

「申し訳ないですが、計画がはっきりしない民営鉄道事業は、これ以降どこであっても賛成しかねます」

安場は言った。

「『大阪~堺』間の阪堺鉄道は、認可されとるじゃないんかい」

「いやあ、そうなんですが……、あれは大幹線ではありませんし、ここだけの話、大阪の藤田さん（藤田伝三郎、長州出身）たちが聞多さん（井上馨外務大臣、長州出身）を通じて頼んできたんで、仕方がなかったんですよ。外相には私が反対できないことはおわかりでしょう」

井上は、苦渋の表情を浮かべながらも、正直に答えた。

井上はさらに続けて言った。

「それで、これからは、民営鉄道会社は、もうどこもあきらめて欲しいと思っとります」

安場は、少しムキになって言った。

「なんで、九州じゃいかんのかな」

井上は安場の顔を見返し、真剣な顔になった。

「いや、九州だからというわけじゃないですよ。地方中小線はともかく、幹線については是非とも官営でやらんといかんと思っとります」

和七郎は、緊張して静かに控えていたが、がまんできなくなって聞いた。

「どうして、幹線では民間鉄道はいかんのでしょうか」

井上は、言った。

「計画性の乏しい民間資本に委せれば、無駄な路線があちこちに建設されるでしょう。利益第一主義ですから利益が出なければ放置されるとか、安全のための改良を疎かにするでしょう。また、軌道とか車両もバラバラなら、幹線を連結するときゃあ、面倒でしょうが。幹線は、いつかは、日本全国でつながなきゃいかんでしょうからね」

安場も和七郎も井上の理屈には一応納得したが、ここで引き下がるわけにはいかなかった。安場は、何かしら言い返さねばならなかった。

「ただ、九州は、海を隔てとるんで、つなげるちゅうてものう」

井上は、年長の安場に気を遣うような表情になって続けた。

「実際のところを言いますとね、産業の発展につれて、何でも値段は高くなりますから、先に無計画に自分勝手な路線を造られて、後で値段をふっかけられたり、後始末させられてもたまりません。ですから、最初から国有でいかないとと思っとります」

長年の鉄道行政で培われた井上の言葉は、太刀打ちできないほど理路整然としていた。安場と和七郎は、返す言葉を失った。

安場は、しばらく考えると、ゆっくりと口を開いた。

「イギリス製か……」

井上は、英国に留学していたときの経験から、鉄道設備の英国基準に傾注していた。

安場は、もうひとつ質問してみた。

「そうすると、ひとつの国に技術を賭けることになりやせんかな。最近は、ドイツ製や米国製の技術はすでに英国を一部上回っとるような話を聞いとるんだが」

井上は、痛いところをつかれたとばかりに、一瞬眉間にしわを寄せた。

和七郎も口添えした。

「地方経済のことも考えていただけないでしょうか。国有にこだわって建設時期が遅れれば遅れるほど、地方経済には不利益なんです」

「確かに、そのような弱味はありますけどねぇ」

井上は、気まずそうに答えた。

結局、この日は、鉄道局長井上勝から了承の言葉が出ることはなかった。

宿泊所に戻る途中、安場は、和七郎のほうを振り向いてにこりとした。

「大阪が外相を通すなら、こっちも考えるかっ」

「えっ」

このとき、和七郎は、安場が何を考えているのかわからなかったのだが、数日の内にその意図を知ることとなった。

安場は、官営を主張する鉄道局をまともに説得することは難しいことを悟り、大蔵省や総理大臣伊藤博文への説得を図った。大蔵省は、もとより政府の財政状況が厳しいという観点から、鉄道局と異なって、民営の鉄道建設に比較的前向きな姿勢を示していたためである。

また、陸軍は、基本的に官営支持であったが、鎮西鎮台（熊本）への物資輸送のためできるだけ早期の鉄道敷設を希望していたため、民営案にも理解を示していた。

明治十九年六月、安場は、鉄道の「民設許可願」を政府に提出したが、すでに同様の請願が藤田伝三郎らが推進する山陽鉄道からも出されており、同時に進めていた伊藤総理への説得作業は拍子が抜けるほどあっさりと進んでいった。ここに至って政府上層部からの強い圧力を受け、強硬だった鉄道局長官井上勝は、幹線官営主義を一部引っ込めざるをえなくなり、鉄道局として民営の鉄道事業を条件付きで認めることとなった。結果、山陽鉄道と九州鉄道は、官営の東海道線などとは異なって、主要幹線であっても民営で鉄道建設を行うということになった。

この間の明治十九年七月、地方官官制の制定より、安場保和は、福岡県令改め福岡県知事と呼ばれるようになっていた。

「さすがじゃのお、安場さんは。鉄道局がこげなふうにあっさり幹線官営の方針を引っ込めるち思ってもみんかったのお……。快哉じゃ」

銀行の頭取室で、清水は、感心した素振りで和七郎に語りかけた。

九州における鉄道事業計画は、このわずか数カ月で、一転大きく前進した。次は、資金調達問題である。

問題は、九州の投資家や金融機関だけでそのような巨額の資金をまかなうことが不可能であることから、どこからその資金を調達してくるかということであった。できるだけ早いうちに、その調達先を確定せねばならなかった。和七郎は、出身母体である第八十七銀行の経営を考慮しその出資負担はある程度少なくしておきたかった。和七郎は、依然この時点でも、出身母体の銀行の立場に立っており、資金集めがうまくできなければ、民営鉄道敷設事業案そのものを廃する方向に持っていってもよいのではないか、とさえ思うことがあった。

それから、目まぐるしい日々が始まった。

安場と和七郎は、主提唱者のひとりである熊本の嘉悦と共に、早速、中央財界の若き先導者である渋沢栄一に面会するため、再び東京に向かった。

嘉悦は、地元からひとりの若者を連れてきていた。少年の頃から嘉悦が面倒を見ているという者で、名前を柴山剛といい、歳は二十そこそこではあるものの、同じ熊本県内で民権活動を行っている若手先導者であるということだった。筆で「一」と描いたような太い眉が、実直な九州人っぽい性格を表していた。

渋沢栄一とは、東京木挽町の東京商法会議所で面会した。

渋沢は、第一国立銀行や東京株式取引所をはじめとした多くの民間企業の設立に関わったうえ、日本で初めてと言われるこの経営者団体を組織していた。東京商法講習所という教育機関の創設にも関わり、和七郎とはほぼ同世代とはいえ、すでに財界の旗頭として、揺るぎない地位を築いていた。

渋沢 栄一

民間に下り教育者としての一面を持つなど同じような経歴を持つ嘉悦は、志や思想の面で親近感を持っているようだった。

安場は、大蔵大丞として大久保利通の下で働いていた頃、一時期渋沢の上司であったので、渋沢とは長らく懇意にしていた。安場は、和七郎らの紹介を始めた。

「渋沢くん、こちらが今度九州鉄道を一緒に作ろうとしている松田和七郎さんと嘉悦氏房さんだ」

渋沢は、

「ああ、これはこれはよくお越しいただきました。渋沢です」

と言うと、深々と頭を下げた。首元に結ばれた蝶ネクタイが、都会の財界人然とした風貌を醸し出していた。渋沢は、もはや財界の重鎮であるにも関わらず、驚くほど礼儀正しい人物であった。ただ、和七郎や嘉悦にとっては、雲上人であることに変わりがなく、逆にかしこまってしまった。

「はじめまして、渋沢さん、松田と言います。八十七銀行の役員をしています」

和七郎は、自己紹介をした。和七郎の握手を求める手は心なしか震えていた。

安場は、嘉悦を紹介した。

「こちらの人はね、以前君に話したことがあったかと思うが、嘉悦氏房と言って、私の竹馬の友だ。今は、会社や学校をやっている人だ」

嘉悦は、自分も政府の仕事を経験し、東北や九州の県の参事などを務めたあと、野に下って、現在では、地元で産業を支援したり教育機関を設立するなどしていることを説明した。(注4)

嘉悦は、和七郎とは対照的に、初対面であるにもかかわらず、意外なほどくつろいだ様子だった。

嘉悦は、東京でも九州弁で通した。

「渋沢さん、学校の経営はどぎゃんですか」

渋沢が答えた。

「嘉悦さんの話は先ほど秘書から聞きました。教育機関では同じご苦労してるそうで、……」

嘉悦は、尋ねた。

「資金繰りは、うまくいきよりますか」

渋沢は、それそれというふうにうなずくと、答えた。

「非営利の投資ですからね、なかなか資金集めがたいへんで、……。明治八年に作った東京商業学校を拡張したかったのですが、このたびやっとカネが集まって、移転、拡張できることになりました」

「そうですか、どこも同じごたるですな」

嘉悦は納得するように言った。嘉悦が連れてきた柴山は、緊張した顔つきで恐縮して突っ立っ

（注4）嘉悦氏房は、天保五年生、旧熊本細川藩士。大蔵省出仕、胆沢県大参事、白川県（熊本）参事等を務める。熊本に英語学校設立。娘の孝（たか）は、明治三十六年設立した日本初の女子商業学校（後の嘉悦学園・大学）を、渋沢栄一に長年後援してもらうことになる。

ていた。

　安場は、柴山を紹介した後、本題に入った。

「ところで、渋沢さん、日本鉄道の経営はあれからどうなったかな」

　安場は、五年ほど前、民営の日本鉄道会社の設立に尽力したが、その後、安場と入れ替わるように、渋沢が同社の理事となっていた。

　渋沢は、真剣な表情となり、言った。

「ご存じの通りあれからもしばらくは資金繰りがきつかったですけどね。最近は、貨物輸送が盛んになって結構うまく行ってますよ。創業時の安場さんや岩倉卿らのご尽力のおかげです。九州のほうの状況はどうでしょうか」

　安場は答えた。

「九州じゃあ、カネが十分集りそうにないね。士族のもらったカネも、養蚕製糸、銀行設立でもうなくなってしまったよ」

　渋沢は言った。

「でも、九州には炭坑がありますからね。そこの事業とうまくつなげれば、将来的な収益性は十分でしょうが……。ただ、当座のカネを集めるのはいずれにしても難しいかもしれないですね」

安場は、同調して答えた。

「そうなんだよ。こちらのお方は、その地元のおカネの専門家なんだが」

と右手の親指で、和七郎を指した。

〝専門家〟と持ち上げられ、和七郎は、少し狼狽しながら言った。

「えーと、そこでなんですが、渋沢さん。やはり率直に言って、九州では地場だけからお金を集める方法にはかなり限界があるように思っとります」

和七郎は、渋沢の理解しているような反応を確かめると、続けて尋ねた。

「それでですが、中央の資産家からうまく資金を集める方法はないでしょうか」

渋沢は、頭を整理するように二度左右に首を傾けると、ゆっくりと口を開いた。

「なかなか欧米のようには大衆投資家はまだまだおりませんからな。これからも当面、わが国は、少数の金持ち人脈に頼る部分が大きいと思いますね……」

渋沢は続けた。

「地価が猛烈に上がりましたから、今、カネがあるとしたら、土地成金たちでしょうかね。ただ、ここんところ、実業への投資がほとんど失敗に終わってますから、そんな成金の動きも、鈍くなってますけどね」

「そうですか」

和七郎らは、がっかりした。

渋沢は、和七郎の反応を見て、うーんと唸って考え込んだ。そして、ゆっくりと絞り出すように話し始めた。

「ただ、政府がある程度利益を補給、補填をするような事業ならカネを出すという富裕層はいるかもしれんですな。彼らは、常に利さといですから」

渋沢は、目の焦点を後ろの壁にずらして、思い出すような口ぶりになった。

「確実に儲けそうなら、どこからか知らんですがカネを引っ張ってくるような人たちはやはりいますね。私が絡んでいる日本鉄道の場合もそうですが……。ちょっとそのあたりでお役に立ちそうな人を紹介しましょうか。鉄道土木関係に詳しい人がよさそうですな」

「是非、お願いします」

和七郎と嘉悦は、前のめりになって返事をした。

渋沢は、東京の富豪で幅広い実業を行っている大倉喜八郎と関西財界の筆頭で鉄道事業にも詳しい藤田伝三郎を紹介してくれた。

和七郎らは、まずは、大倉喜八郎に会うことになった。

大倉は、維新時の官軍御用商として活躍し、現在では紡績、電力、土木など手広い商売を行い、もはや財閥を形成していた。渋沢のような有名人の紹介がなければ、とてもこのような大金持ちに会うことはできなかったであろう。大倉があたりかまわず部下を叱りつけるような短気な人間であるという噂は、巷間広く信じられていた。

赤坂にある大倉邸の応接室には、中国や朝鮮からと思われる仏像やら、掛け軸やらが所狭しと飾られていた。

一行が、それに見とれていると、扉が大きく開いて、いかにも商家出身というような和装の出で立ちの大倉が登場した。小柄の召使いが機嫌をうかがうように背中を丸めて、二歩ほど下がって付き添っていた。

和七郎らがこわばった笑顔を作りながら、挨拶をすますと、大倉は、時間を惜しむように自分のほうから話を切り出した。

「渋沢さんから聞いています。九州の鉄道の話のようで」

威厳のある低い声だった。

「そうです」

和七郎らは、大倉の機嫌を損ねないよう、手短で要領良く、計画の概要を話した。

大倉は、和七郎らの話に、逐一、うん、うん、とうなず

大倉 喜八郎

くと、口を開いた。

「面白そうな話ではありますな」

その静かで低い口調には、大規模事業をことごとく成功に導いてきた実業家の自信と野心がかいま見えた。和七郎らは、大倉の素早く良好な反応に少しほっとした。和七郎は続けた。

「そうですか、ありがとうございます。なっ何か、気になる点とかありますでしょうか」

大倉は、弾力の豊かな長椅子に背を預け、腹のあたりでゆっくりと手を組むと、和七郎を正面に見据えてしゃべり始めた。

「そうですな。投資家は最近及び腰ではありますからな、私も何回か痛い目に遭ってます。ですから、これからはもう、あまり危ないことはやりたくないと思っとります」

計算高そうな商人の顔が覗いた。

大倉は、続けた。

「安場さん、九州鉄道とはいえども、やはり最低限、日本鉄道と同じような政府の〝利子〟補給は付けてもらわんといかんでしょう」

大倉は、率直だった。

「政府の〝利子〟補給……」

それは、先般の会談でも、渋沢が言及したものだった。

設立された会社の配当金は、公債や秩禄公債などの債券の利子の水準と比較されていた。したがって、会社が資金調達を円滑かつ継続的に行うためには、配当金相当額をできるだけ一定の高い水準で支払う必要があったが、政府の息がかかった事業には、この時代特有の〝利子〟という名称でその不足分を補助することがあったのである。

政府は、やすやすとこのような援助を行ったりはしなかったが、もしその〝利子〟が補給されるのであれば、その株の価値は安定化し、投資家が新会社に対する株の払い込みの程度、すなわち、資本金として集まるお金は比較にならないほど大きくなるはずであった。

起業された会社が数年で倒産することが半ば常態化している時代であった。このような事前の施策が、会社の存続に大きな影響を与えた。

安場が答えた。

「それはわかりますが、九州では、あまり政府が前面に出てくるのを好まないんですよ。いろいろ過去の戦の反感がありますので、できれば民間だけで行こうと思ってます」

しばらく意図しない沈黙の時間が流れた。

大倉は、気にいらない話であれば、すぐにでも断ることができるという拒否権を事実上握っていた。安場は、いたたまれなくなって、大倉の気持ちをおもんばかるようにその意を掘り下げてみた。

「そのような補給を付けるとすれば、……具体的な条件はどのようになりますかね」

大倉は、少し視線をずらすと口を一文字に結び、うんっと唸った。しばらく考えた後、満を持して告知を施すかのような口調に変わった。

「望むべきは八％ですかな。これは日本鉄道の設立の時と同じ条件です。ただ、今は、鉄道建設が日本全国で多いですから、以前のような金額は出ないでしょうな、ただ、元本はともかく、できるだけ高い〝利子〟補給を付けてもらわないと、投資家どもの注目自体が集まりません」

「うーん、なかなか高いですね」

和七郎は、驚き、横に同席する嘉悦と目が合った。

「政府は補給してくれるですかね」

誰からも返事は、なかった。

和七郎は、不安の目を安場に向けた。

「安場さんは、政府とつながっちょるやないですか……。しぶちんの松方（大蔵大臣）さんより、伊藤（総理）さんのほうから攻めるっち言うのはどげんでしょう。とにかく今は政府もカネがないようですけ……」

安場も、腕組みをして、うつむいて固まっていた。

中央投資家からの資金導入が進まなければ、出身銀行の財政負担は、巨額となってしまう恐れがあった。

和七郎は、安場をのぞき込むような形になって、聞いた。

「政府が〝利子〟補給すんなら、政府が実際元本のカネを出さずともええっち言う感じで交渉してもらえんですか」

安場は、和七郎の質問にかまわず、大倉にたたみかけるように質問した。大倉から約束を取り付けるほうが先だった。

「まあ、政府の話はどうなるかわかりませんが、大倉さんは、もし、政府の援助がでたら、本当に資金のご協力をお願いできますか」

大倉は、安場の強い調子に長椅子から体を起こし、少し声を高くして言った。

「わかりました、安場さん。そうなったら、私も腹をくくりましょう。私以外の有志の投資家の連中もまとめて最大級の出資をさせていただきますよ」

「ありがたいです。それではそうなったら、よろしくお願いします」

安場は、長年培った得意の根回し交渉術で、大きな資金源のひとつとなるであろう大倉の次の行動を約束させた。和七郎や嘉悦ら訪問者一同は、ほっと胸をなでおろした。ただ、宿題は残った。配当の補給という政府の援助の取り付けである。

最後に、一行は大阪に向かって、藤田伝三郎に会うこととなった。

このとき、嘉悦と側近の柴山は、東京で引き続き用事があると言って、藤田との面会に同行しなかった。

藤田は、大倉と同じように、維新後は、佐賀の乱、熊本の神風連の乱や西南戦争などで官軍側として政府の軍需物質を運んで財を成し、それをきっかけとして関西財界の中心人物となった。そして、最近では、大倉と協働して紡績事業や土木事業を手がけ、鉄道建設に必要なさまざまな事業にも深く関わっていた。

しかし、藤田は、長州人であって、幕末期は奇兵隊に属して第二次長州征伐にも参加した経験を持っており、商人と結びつきやすい外務大臣井上馨との関係が密接で、ニセ札造りの濡れ衣を着せられたりしていた。このことが、民権派の九州人の間では、しばしば批判の対象となっていたのである。

和七郎は、別れ際の嘉悦のぎこちない素振りが気になっていた。

「もしや、嘉悦さんは、西南戦争の時のことが引っかかっとるんやないか……」

和七郎は、ひとり推し量った。

熊本や鹿児島などを中心として、西南戦争の際に多くの志士が命を落とし、それに関わって生き残った士族などが賊軍としての汚名を着せられ、家族、親族は、未だに悔しい思いを引きずっていた。

福岡県においても、先に起きた秋月の乱や西南戦争において、少なくない人数の士族が命を落としていた。

「いや、もう十年も昔のことっちゃ。そげえことやないやろう」

和七郎は、そう自分に言い聞かせた。

小倉口の戦いで、長州軍に苦杯を味わい、九州人として熊本、鹿児島の人々と思いを共有する和七郎ではあったが、今回の東京、大阪での資金集めを是が非でも成功させ、出身銀行の負担を軽減するとともに、清水から受けた鉄道敷設という特命を敢行せねばならなかった。

そのためには、今、懐古主義に拘泥することは許されなかった。

藤田 伝三郎

和七郎は、この二十年間で、何かしら武士の頃の情緒が抜けて、多少なりとも実業家の顔になっていた。
藤田の邸宅は、大阪城の近く、高麗橋にあった。
屋敷の廊下からは徳川時代の大名屋敷を彷彿とさせるような大庭園が見渡せた。大きな花壇には、紫陽花（あじさい）の花がこぼれんばかりに咲き乱れ、池の鯉のための良い日陰となっていた。

和七郎と安場は、中庭に面した明るい和室へと通された。藤田は、秘書らしき者と共にすでに部屋で待っていた。

藤田は、口の周りをぐるりと巻くように、口ひげと顎髭を蓄えており、財界人としては、非常に個性的な風貌を醸し出していた。しかも、髭がやや乱れているせいか、口元が隠れて、何を思っているのか表情が読み取りづらかった。一見したその取っつきにくさが、和七郎や安場の緊張を高めた。

和七郎は、藤田が幕末長州の奇兵隊に属し、小倉藩と対峙した経験があることは知っていたが、無名の和七郎のことは藤田側では知らないであろうと思ったし、こちらからあえてそのような話に言及する必要もないだろうと思った。

しかし、紹介が終わると、藤田は、思いがけず、早速そのことに言及した。

「松田さんは、小倉藩のご出身だそうで」

藤田は、どこで調べたのであろうか、すでに和七郎の身上を知っていた。

関西財界の顔である五代友厚亡きあと、藤田は大阪商法会議所の会頭を受け継ぎ、松本重太郎と並んで関西財界の一番手の人物である。そのくらいのことは、簡単に調べることができるのであろう。もしかしたら、和七郎が小倉口の戦争に加わっていたことや、かの戦争で父親を亡くしたことさえも調べ上げているのかもしれない。和七郎は、冷や汗をかいた。

しかし、和七郎は、小倉藩士ではなく、もはやすでに実業家という立場である。今は、九州鉄道の創業に全力を尽くさねばならない。ここは、あわてず、また、支障なく応対することが肝心であった。

「はあ、よくご存知ですね」

和七郎は、平静を装って答えたつもりであったが、声がわずかに上ずっていることを自分でも確認することができた。

すると、藤田は、野太い声で言い放った。

「それじゃあ、二十年前は敵同士ですなっ」

と、この遠慮のない突然の言葉が、思わず臨席全員の笑いを誘った。この藤田の軽口で、和七郎は助かった。戦ったことを知っているのか、知らないのかを気にしながら、あるいは、いつそのような会話に飛ぶのかに神経を使いながら、会談を進めることは、かえって和七郎にとってつらいことだったのかもしれない。

もしかしたら、藤田は、そのような気まずい雰囲気を避けるために、あえて会談の冒頭でそのことに触れたのかもしれなかった。このわずか数秒の間で、藤田の頭の回転の早さと懐の深さを実感することになった。藤田のほうが上手であった。

「こういう時代になりました」

こういうと、和七郎は、少し愛想笑いを浮かべながら、藤田に握手を求めた。藤田は、ははっと少し笑って和七郎の手を握り返した。

そのとき、和七郎は、ようやく髭の間から藤田のくだけたような表情を確認することができた。そして、意外と、わだかまり無くしゃべることができる相手だとわかって、少し緊張がほぐれたような気がした。

安場は、切り出した。

「藤田さん、阪堺鉄道の経営状況は、いかがでしょうか」

藤田は、「京都～大阪」間の官営鉄道の建設土木事業を請け負ったあと、明治十八年、関西経済界重鎮の松本重太郎らとともに、主要幹線とまでは言えなかったが、「難波～堺」間の阪堺鉄道を建設していた。阪堺鉄道は、日本鉄道に次いで、日本で事実上二番目の本格的民営鉄道であった。

「いやあ、最初はどうなるかと思っとりましたが、なんとか軌道に乗りそうです。大阪は、人やモノの行き来が多いですからな。鉄道商売は、ぴったりですよ」

「それは、良かったですね。渋沢さんも、日本鉄道が安定してきたような話をしておられました」

安場は、少し気を遣うような口ぶりになって言った。

「実は、ここに来る前に、貴社の鉄道を見てきたんですよ」

「ほう、いかがでしたかな」

藤田は少し笑顔で返した。それは、自慢の息子を見てもらった親のようなそこはかとない余裕の表情であった。

「いやいや、ご盛況で……。また、機関車はなかなかの迫力がありますな」

安場は、雰囲気を和らげるような風に、お世辞を述べた。

そして、藤田は、早速、実務的な話を始めた。

「九州の話は聞いています。しかし、……」

安場と和七郎は、息をのんで話を聞いた。藤田は、関西財界の実力者であり、当地の投資資金の流れを決定できるほどの力を持っていた。

「私は、九州であんまり前面に出るのは良くないと思っとります」

安場と和七郎は、思わず顔を見合わせた。和七郎が、尋ねた。

「それは、どうしてですか」

藤田は、少し躊躇すると、和七郎の目を直視して答えた。

「それは、松田さんがようわかっとると思います。幕末と維新後で何度も、私は関係者でしたですけん」

藤田は、和七郎の素性だけではなく、自分の立場をよく理解していた。また、九州における自分の評判もよくわかっていた。

実際、藤田は、反政府活動を行う九州の民権派の人々の間では、井上馨や西南戦争時の実質的総司令官であった山縣有朋と並んで、しばしば格好の批判対象とされていた。戦争で蹂躙されただけではなく、その後も、真偽がわからないまま、きなくさい噂や醜聞がいくつか流れていたからである。

藤田は、続けた。

「しかしながら、私は、九州鉄道は、基本的に良い事業だと思っとりますよ。これは、大倉さんも同意見と聞いとります」

和七郎は、提案した。

「それならば、遠慮なく、我々に投資してください。後のことは、我々に任せて」

しかし、藤田は、首を大きく横に振った。和七郎は、藤田が、風体とは少し違って、相手に十分気を遣う繊細さを持ち合わせている人間であることがわかった。

藤田は、ゆっくりと口を開いた。

「私が、九州鉄道の大株主になることは、九州の人間は許さんでしょう。そのくらいは、私にもわかります。それと、私は、今、山陽鉄道の事業申請も行ってますしね。同時並行は難しいです」

和七郎は、返す言葉が見つからなかった。そのとき、安場が、藤田に新たな提案をした。

「まあ、藤田さんの気持ちはわかります。それでは、土木事業のほうで我々に協力してくれんですか。藤田さんと大倉さんのところは、技術じゃ日本一ですから」

藤田と大倉は、官営の東海道の鉄道建設の土木工事に深く関わっており、従業員らは鉄道土木従事者としてすでに十年以上の経験があった。九州鉄道においても、その土木技術は大いに役に立つはずであった。

年長の安場は、さらに続けて提案した。

「不安ならば、九州に来るときは、会社の名前も藤田組じゃなくて、変えたほうがよいかもしれんですな。いろんな熱いやつがおりますから、問題の芽は先に摘んでおいたほうが良いですからな」

藤田は、安場の提案に納得し、感謝した。

そして、藤田は、土木事業の参画できることの見返りに、関西在住の主要な投資家らから出資を募ることで、九州鉄道会社の資金繰りについても間接的に協力することを約束してくれた。

藤田は別れ際に、和七郎に向かってこう言った。

「政府とうまくやっていくほうがよろしいですな」

「はぁ、といいますと」

和七郎の関心を引くと、藤田は続けた。

「ここでやり始めたばかりの阪堺鉄道ですが、政府を通じて、廃線になった釜石鉱山鉄道の車両と線路を中古で調達することができました。政府は、使われるんじゃなくて、便利に使いこなすことが肝心ですな」

和七郎は、藤田の大阪財界人としてのそつのなさを感じた。

今回、藤田から直接的な投資を得ることはできなかったが、事実上関西に資金調達の拠点を持つことができ、また、土木事業で協力し合うことで、互いに利益を得られるある種の共生関係を確認することができた。


今回の資金集めの旅でも、中央との太いつながりを持つ福岡県知事の安場が大いに活躍した。安場が福岡県令として赴任してくる前、九州では反政府の立場から民権派の勢力が強かった。安場は、九州出身であるだけに、中央政府からこれら民権派をうまく治めることを託されてきたともっぱらの噂であった。このことから、赴任当初、九州の鉄道事業に携わる民権派の間で安場おろしの運動が公然となされたほどであった。

しかし、安場自身は、もともと旧熊本藩士であったので、まず熊本県内の保守系人脈などを次第に取り込んで、それを端緒として徐々に九州の地元の人々との密着を図った。続いて、民営の九州鉄道に絡んで文字通り東奔西走、その実現に大きく貢献したため、思いがけず一部の民権派の好感を獲得した。

九州出身の中央官僚であった安場だからこそ、反政府勢力が残る九州地場の人々との融和を実現できたのである。

安場保和という強い後ろ盾を得た九州鉄道は、いよいよ会社の起業準備段階へと突き進んでいった。

伊藤博文政府

会社創設の準備段階として、各県の発起人達の意見を調整しておかねばならなかった。

まず、福岡県の発起人のまとめ役として、第八十七銀行出身の和七郎が選ばれた。また、熊本の発起人のまとめ役は、東京での資金集めに同行した嘉悦氏房、佐賀のまとめ役は、豪商の伊丹文右衛門が務めることになった。

そして、福岡、熊本、佐賀の三県の発起人まとめ役を中核として、明治二十年一月、三県の知事と発起人らは、九州鉄道創立委員会を開いて、定款や規約等を決め、「九州鉄道会社創立願」を政府に提出した。和七郎は、九州鉄道会社発起人総代に選ばれた。

和七郎は、清水から鉄道建設の特命を受けた際は、あまり事業そのものに気乗りしていなかったのだが、この時点に至っては、会社創設作業の中心人物に祭り上げられてしまっていた。

その後、長崎の鉄道敷設計画との合併を経て、九州鉄道会社は、遂に福岡・熊本・佐賀に長崎を加えた四県合同での鉄道事業構想として、事業を進めていくことが事実上確定した。長崎での発起人まとめ役は、第十八銀行創設者でドイツ語が話せる松田源五郎が務めることとなった。

ただ、この時点では、政府による配当補給の問題はいまだ解決しておらず、依然、事業の先行きについてしっかりした見込みは立っていなかった。

実は、このころ、発起人らの間では、社長人選に関して意見がまっぷたつに分かれていた。

一方の側の意見とは、政府に人選を頼んで、政府から人材を社長として招聘すべきというものであった。この案は、中央との関係を良好に保ち、資金導入を円滑に行うことを狙う金融界を中心とする発起人達に支持されており、主に福岡県の北部すなわち小倉、博多地域に多かった。和七郎も、これまでのいきさつから、この案に賛成であった。

もう一方の側の意見とは、〃九州〃鉄道であるから九州人から選ぶべきとの主張であっ

九州鐵道會社發起者惣代
松田和七郎
藤金作
伊丹文右衛門
澁谷清六
白木為直
嘉悦氏房
明治廿年一月二十五日

創立願に名を連ねる発起者総代

て、民権派発起人の多い福岡県南部の久留米や、佐賀県、熊本県などの発起人らが支持していた。

そのような地域の人々の間では、新社長候補として、日本鉄道会社の創設に携わった熊本出身の太田黒惟信氏の名が挙がっていた。九州派の人々の間では、当時政府機関が多く建てられ九州の地理的中心である熊本での事務所開設を望む者もいた。その九州人社長支持派を束ねる青年事務局の主要人物が先般資金集めに同行した嘉悦側近の柴山剛であった。

柴山は、熊本県での集会に続き、佐賀県で開かれた発起人らの集まる会合に参加していた。何人かが壇上でそれぞれの主張を展開したあと、柴山は、こう声をあげた。

「お集まりの皆さん、九州の鉄道だけん、九州人ば選ぶのは、当然でしょうが」

柴山は続けた。

「太田黒さんは、戊辰戦争時函館で征討総督を務めた九州の偉人。すでに東京で岩倉さんや渋沢さんたちと協力して、民営の日本鉄道の開通も果たした。これ以上の人材はなかでしょうが」

握り拳を振りかざして持論を繰り広げる若い柴山に、地元の多くの発起人らが賛同する声をあげた。柴山は、純粋にまっすぐな気持ちを表現する典型的な九州人だった。その性格から、社会や世俗にこなれたような言動は得意ではなかった。

ただ、太田黒惟信は、西南戦争後に政府官僚を辞して野に下り、もはや民間の人間という印象が強く、親しくしていた岩倉具視卿も亡くなっていたため、中央政府首脳との直接的なつながりという意味でも弱い人間だった。

和七郎らは、政府との間で十分に太い絆を築くことのできる人材を社長として招聘したいと考えていた。今後獲得せねばならない政府の援助の件にこだわるわけではないが、結局、このような大規模な政策的事業では、政府の意向が事実上その会社の生殺与奪権を握っていた。

しかし、発起人の代表者のひとりである和七郎は、このような会議で面と向かって地元有力者らとけんかするわけにはいかなかった。穏やかに説得し、皆の合意を取り付ける必要に迫られていた。

和七郎は、九州人社長推進派の意見をひとしきり聞いた後、静かに口を開いた。

「だけんど、よう考えてみてください。大田黒さんで、ほんに政府の支持が得られますやろか」

柴山は、敢然と早口で反論した。

「松田さん、何でそう政府の支持を得る必要があるとですかね。この会社は、官営じゃなかとですよ。九州の民営鉄道だけん、それは関係なかでしょうが」

和七郎は、周囲を落ち着かせるようにゆっくりとした口調で話した。

「確かに株を発行するっちゃけ、それは、柴山さんが言うよう表面的には民営という形にはなっとります。ただ、実質は、どうやろうか。誰でん、政府がおらんとやっていけんと思うとるでしょう」

和七郎は、柴山の表情を窺い、続けた。

「柴山さんは、藤田さんに会うとらんけ知らんかもしれんけんど、藤田さんら投資家は政府の重要性をよう強調しちょったんですよ」

柴山は、言った。

「それでも、今のところ株の過半は九州から出とります。そがん込み入った話じゃなかですばい。単純に議決したらよか」

福岡県南部や、佐賀県、熊本県などの発起人らの多くはこれに賛同した。

ここで、長崎のまとめ役の松田源五郎が和七郎を援護した。

「今、全国の投資家からカネば集めるために、政府に新会社の株の配当補給ば頼みよるとばい。それがなかと、これからの鉄道事業継続に必要な多額の追加資金というのはとても集まるようなもんじゃなか……」

「当然ばってんが、そのように援助してもらうと、政府からの社長人選の干渉は避けられんとぞ」

長崎のまとめ役の松田は、徳川時代の先進地長崎で九州で最初の近代的銀行業を開始した金融界の重鎮であり、年齢の面でも集まった発起人らの中で最長老的な位置づけにあった。その重みのある言葉は、熱くなった民権派発起人らの気持ちを鎮める効果があった。

佐賀のまとめ役の伊丹は、自らも一部金融事業を行っていたせいか、和七郎ら金融業界が主導する中央政府からの人材招聘案に理解を示していた。ただ、自分がここ佐賀県における発起人のまとめ役であることから、民権派に対してまっこうから反対意見を言って事を荒立てるようなことを避け、押し黙っていた。

伊丹は話の矛先を変えるように言った。

「柴山さん、同郷の安場知事のところには、最近行かれたとですかな」

柴山は、突き刺すような鋭い目を返して言った。

「安場さんは、九州の人というよりはもう政府の人たい、言うてももう仕方がなか」

伊丹は、なんとか、九州党の気持ちをなだめたかったのだが、柴山を先鋒とする発起人たちは、なかなか、九州人社長を選ぶべき、との強行姿勢を崩さなかった。

いらだった長崎のまとめ役の松田が再び低く威厳のある声で念を押した。

「援助ば政府に頼んでおいて、社長の人選は地元でやるっちゅう、よかとこどりはなかなかでけんですぞ」

柴山が色めき立って言った。

「またまた、お上から社長に受け入れろ、ということですか」

柴山ら九州党の意見では、何かと言えば歴史的な遺恨を持ち出した。

この場合、感情論に正面から反論して騒ぎをかえって大きくするよりも、穏やかな論陣を張るべきなのかもしれなかった。

「いや、そぎゃんこつ（そんなこと）は言うとらんばってんが」

長崎の松田は、口ごもった。商家出身であるがゆえに、そのあたりの問題で、士族出身の柴山の気持ちや九州党の反政府感情を量りかねていた。発起人らの間でも、それぞれの心象の中にさまざまな独自の政府観を持っており、その背後霊のような存在と理性との間で何らかの葛藤があった。

会合では、この後も引き続き、何人かの発起人らが意見を述べたが、全体を統一する結論はなかなか得られなかった。

地元佐賀のまとめ役の伊丹がやっとの思いで口を開いた。

「今日はもう遅かけん、ちょっと、この件は私たちに預からせてもらえんですかね」

伊丹に押し込まれて、柴山は、うーん、と唸ったまま返事をしなかった。

柴山とて、熊本の郷里に帰れば、地元民に突き上げをくらうという苦しい立場にあった。民権派の多い佐賀県のまとめ役である伊丹に話をまかせれば、うまく落としどころを探ってくれるとの思いもあった。

その日は、結局、はっきりとした結論は出なかった。和七郎らは自らの主張を実現することはできなかったが、柴山ら民権派も九州出身社長案を強引に推し進めることができず、すごすごと会場を後にするしかなかった。

政府からの配当補給は、東京、大阪の投資家を惹きつけるために、必要なことであった。東京の政府に援助してもらい、東京を中心に足りない資金が集められ、東京・横浜の貿易会社を通して外国製の鉄道車両を購入する。結局、建設以外の物事のうち、多くの部分は、東京周辺を中心に行われているのであった。九州に鉄道を建設するというのは、もはや九州のみを主体とする事業という位置づけではなかった。

しかし、政府からそのような支援を受けるということは、政府から事業に対して何らかの干渉があることを意味していた。逆に言えば、政府から九州鉄道に対して何らかの経営参画がなければ、政府から継続して支援を受けたいと上申することは、おこがましい要求であるのかもしれなかった。

すなわち、このような政策的な大事業を行う際、資本の蓄積が未だ十分に進んでいない後進国の日本の現状において、純粋な民営事業というのはほとんどありえないのであった。

一方、すでに部分開業をしていた他の国営鉄道の多くが好調な経営成果をあげていたため、中央の投資家は、鉄道事業の将来性に明るさを見い出していた。そして、現在のこうした経済状況であるならば、政府からの公的援助さえあれば、九州鉄道や山陽鉄道などの幹線民営鉄道会社にも資金が集まりやすくなっているはずだと見込まれていた。

和七郎らは、かねてより福岡県知事安場を介して、出資金に対する政府の配当補給を打診していたが、明治二十年三月、ついに、閣議で「主要幹線に対しては、九州・山陽のような私設鉄道であっても保護をする」との政府の方針が決定され、これに伴って、九州鉄道会社に対しても、一カ年につき四％の金利補助金が下付されることが事実上決定した。

大倉らが望んだ八％はかなわなかったが、政府の後ろ盾を得られた意義は大きかった。

この段階に至って、九州鉄道会社は、多くの投資家から出資が得られる見込みとなり、ようやく会社創立への道筋が見え始めた。出資を検討するための条件が整ったため、大倉喜八郎は、九州鉄道の筆頭株主となる最大の六千株を購入すると約束した。

これら一連の政府との調整の副産物として、社長の人選に関して、政府の干渉が避けられない見通しとなった。

このような政府援助に関わる折衝の様子は、発起人らの間にも漏れ伝わっており、各県で発行されている新聞の報道でも、政府官僚社長の受け入れやむなしとの主張が散見されるようになった。熊本県人など特定の県人から九州鉄道社長を選ぶと言うことが、特定の県への鉄道敷設を利するのではないかという懸念も、九州人社長の実現には障害となっていた。

ここに至って、民権派は、外堀が埋められたような状況に陥ってしまい、政府からの人材招聘に反対する勢いを失った。


「ばってん、政府の思いのまんま社長ば送り込まるっと、将来の遺恨ば残すかもしれませんぞ」

熊本のまとめ役である嘉悦は、和七郎に意見した。和七郎は、嘉悦の心の内を慮った。嘉悦は、地元の反応を気にしていた。

「そうですね、政府にもちぃと物申すべきことは言うとかないかんでしょうね」

和七郎は、福岡県庁舎に知事の安場を訪ねた。安場の旧友である嘉悦も同行した。

安場は、九州鉄道事業と同時並行で進んでいる門司での築港案件で猫の手も借りたいほどの忙しさのまっただ中にいた。和七郎と嘉悦は、執務室で小一時間ほど待たされたが、安場は額に大汗をかきながらようやく現れた。安場は旧友の嘉悦の姿を認めると、

「おっ、来たとね」

と嬉しそうに椅子に腰かけ、脇汗を乾かすかのように手のひらを肘当てに広げた。

和七郎は、言った。

「お忙しい中、恐縮です。安場知事、援助を政府に頼んでもろた件は、ほんにお世話になりま

した」

「いやいや、どうしてもせなん（しなければ）いかんかったことですけんね」

安場は、嘉悦の顔をちらりと見てほっと一息ついたあと、たばこの火をつけた。今回の請願では、安場の政府人脈が大いに役立っていた。

「ところで、もうひとつ頼みごとがあるんですけんど……」

忙しく立ち回っている安場に多少言いにくい面もあったが、和七郎は、覚悟を決めるように言った。

「ほう、なんですかな」

安場は、不思議そうに眉を動かした。

「社長の件です」

「社長というと」

「発起人たちの一部、いや民権派の人たちの間で、中央政府への反感が残っとるち言うことは、おわかりやと思います。民権運動は、前にもましてここんところ活発になっちょるんです」

「うん、そがんでしょうな」

安場は、うなずいた。

和七郎は続けた。

「九州出身以外の社長候補なら、露骨に中央政府支配ちゅう感じがします」

安場は答えた。

「官僚は薩長が多く占めとるけん、特に問題はなかとじゃないかな。どうせ、その辺から来るやろ。長州もここに近かし九州のようなもんじゃ」

和七郎は、目を大きく開いて言った。

「いやいや、長州はいかんです。特に武官出身は。安場さんは、民権派の集会とか行ったことがないんですか。山縣や井上（馨）らの部下が来たら、最悪です。会社は崩壊します」

「薩摩出身者はどうかな」

「薩摩は、今でも西郷さんは慕われとりますけん、微妙ですけんど。それ以外の九州ならもちろん歓迎です」

和七郎は、言いよどんだ。

「んー……おるんかなあ」

安場はあごに右拳をあて、考える素振りを見せた。そしてつぶやくように言った。

「そうですか、そがんかなあ……、ワシも長い間地元を離れとるけん、ようわからんですばってん」

ここで旧友の嘉悦が口を挟んだ。

「安場よ、今熊本の演説会じゃ、政府の悪口を言うためだけの会になっとるばい」

そして、嘉悦は、安場に向かって情に訴えるような口ぶりになった。

「何でもかんでも政府からヒトとカネが送り込まれよるけん、地元の人たちの立つ瀬がなくなってきよる」

嘉悦の言葉に、安場も納得するような表情に変わった。

「どぎゃんかな、総理に言うことはできるとかな」

嘉悦は、少し上目遣いになって聞いた。

安場は、引出しから葉巻を取り出しひと吹きすると、部屋の一点を見つめていた。そして、しばらくして灰を落とすと、嘉悦の目を見返して言った。

「言うてみよう。今、聞いて敏感な話ちゅうのがわかったような気がしたけん。それと、いろいろ戦争のこともあるけん、文官がよかかもしれんな。まあ、ともかく、後に火種を残すようなことは避けんといかんけんな……」

安場は続けた。

「伊藤さんに直接聞いてみよう。きっと良か人ば紹介してくれるだろう」

嘉悦も和七郎も、ほっと胸をなで下ろした。

明治二十年五月、政府は、農商務省商務局長を務めている薩摩出身の高橋新吉を、九州鉄道会社社長候補者として推挙した。

高橋は、伊藤総理が九州鉄道会社社長の人選を進めているということを人づてに聞き、自薦してきたということだった。伊藤は、高橋を、年齢は若いが鉄道事業を運営するに足る優秀な人物と判断して、決定したのである。

早速、発起人らは、高橋を社長に内嘱し、会社設立までの間、発起人総代として高橋に実務を担当してもらうこととした。

高橋新吉は、若年時からその能力を見込まれて薩摩藩から長崎へ遊学、英語をごく短期間で修得したと言われる秀才で、いわゆる〝薩摩辞書〟の著者のひとりであり、官界には珍しく学者としての一面を持つという文官であった。米国に留学した後、政府に請われて、長崎・神戸・大阪の各税関長を歴任し、農商務省では若くして商務局長にまで昇進していた。海外の事情に詳しいことから、多くの基幹材料の購入を検討し、輸入せねばならない鉄道事業においては、うってつけの人材と目された（注5）。

（注5）高橋新吉は、天保十四年生、旧薩摩島津藩士。米国留学後、大蔵省・農商務省等で要職を務め、明治二十一年に九州鉄道会社社長、後に貴族院議員、日本勧業銀行総裁、男爵。

高橋 新吉

高橋は、持ち前のその広い視野と政府官僚としての人脈を駆使して、九州鉄道会社事業に伴うさまざまな障害を克服せねばならなかった。

続いて開催された発起人会では、高橋新吉を社長候補とすることが正式に決められた。

また、会社の事務所は、議論の末に博多に置くこととなった。政府機関がいくつか集まる熊本案も有力であったが、県別で福岡県の発起人らから最も多額の出資が出そうだという経済的な理由で、最終的に博多に事務所を置く案が採択された。

福岡県から松田和七郎が博多の事務所詰めとなり、熊本の嘉悦氏房は、代理を立てて、若い柴山剛を和七郎同様の事務所詰めとした。和七郎は、社長選定を巡る一件で民権派の柴山とは微妙なわだかまりがあったが、むしろそれら民権派の人々を新会社の中に取り込むことによって、会社全体としての一体感を図ろうと思った。

一方、まとめ役、佐賀の伊丹文右衛門、長崎の松田源五郎の二人は、地元での常駐業務が多いことから、ともに非常勤となった。また、中央からは、渋沢の義弟で大倉喜八郎から派遣された皆川四郎、伊藤博文総理大臣の息がかかった河上房申が博多での事務所詰めに加わった。

すなわち、中央からは、経済、政治の面で一人ずつ送りこまれることになった。河上は、当然のことながら、同じく政府から派遣されている社長候補高橋の補佐的な役割を期待されていた。

明治二十年七月博多行町に開設された事務所では、これらの主要人物が揃って、設立事務に当たることとなった。

和七郎は、資金・建築担当、柴山は、資材調達・管理担当、皆川は財務と中央対策の担当、河上は庶務だがその他各種中央対策も兼ねた。高橋は、この時点でいまだ正式には、社長候補であったが、周囲からはすでに「社長」と呼ばれ、事務を総轄した。

さらに、二十年十一月、日本政府の要請によってドイツ政府から鉄道建設技術者ルムシュッテルが派遣され、九州鉄道会社へ招かれた。それまで日本の鉄道技術は、イギリスの工法に倣っていたが、普仏戦争のドイツの勝利でドイツの鉄道技術の優秀性が認められたことや、各種先進技術の導入のため、ドイツ政府に頼んで一流の技術者を招聘することにしたのだった。

九州初の鉄道会社

和七郎は、博多の町の外れ地である停車場の予定地にたたずんでいた。

博多停車場の敷地確保については当初地主と条件が合わずすったもんだの末にようやく承天寺の西側、すなわち、博多の町の南外れに敷地を確保できた。これよりさらに南側には、御笠川のゆったりとした流れと萌黄色の田畑がどこまでも広がっていた。

ここが九州の鉄道建設の起点となる場所である。和七郎は、独りごとを言った。

「ここに停車場ができるなら、将来、ここを中心に博多の町は広がっていくやろう」

ここから博多港の桟橋へ向かって引き込み線を引いて、そこからさまざまな物資を運び込む予定となっているのである。

「ここから、すべての物の流れ、人の流れが大きく変わっていくぞ」

和七郎は、大きく息を吸い込むと、まっすぐ北へと続くその一本道を凝視した。

博多の町は、江戸時代、実は、九州第一の街道であった長崎街道からは外れていた。(注6)

博多は、この当時、長崎、熊本、鹿児島の各町と並んで、九州の一拠点に過ぎなかった。ここに鉄道を通すということは、九州の物流を大きく変え、今後の博多の町の発展に大きく寄与することを意味していた。

しかし、将来の話をひとまず置いとけば、現状、問題は山積みであった。明治に入って二十年経つとはいえ、依然人々の交通が船や馬、人力に頼る時代であった。

馬車や大型船での交通が多少整備された以外、庶民の往来の方法は、基本的に徳川時代とさほど変わっていなかった。鉄道建設とは、そのような時代に、山野、田畑、海岸端を切り拓き、盛り土をして、決められた規格通りにまっすぐで平坦な新道を長々と造っていくことである。

事前調査として、該当地域を馬に乗って巡回、踏査し、地形、地勢の略測を行っていたが、「博多～久留米」間はおおむね平坦で障害物もない地形であって、隧道（トンネル）を建設する必要もないことが確かめられた。また、すでに予定地に沿って日田街道、薩摩街道が発達していたために、資材を運搬するための道路を新設する必要もあまりなく、建設資材を円滑に運

（注6）長崎街道は、九州の北端の小倉を過ぎて内陸側を通り、大宰府南方を経由し、佐賀・長崎に通じていた。一説には、江戸初期、黒田氏が防衛上の理由から、主街道が福岡城下を通ることをいやがったためとも言われている。

ぶことができた。

　明治二十一年六月二十七日、九州鉄道は、政府より営業認可を受けた。

　そして、さっそく、実際の用地買収と工事計画の具現化作業に取りかかった。

　和七郎は、その日も日が沈むまで軌道敷設予定地の視察を行っていた。見回りを終え、事務所に戻ると、暗い顔をした皆川が出迎えた。

「皆川さん、どうしました。なんか事故でもありましたですか」

　和七郎は、埃にまみれた外套を脱ぎながら、早口になって尋ねた。

「いや、事故とかではないんですが……」

　皆川が肩を丸くすぼめて辺りをはばかりながら、口ごもった。

「和七郎さん、ちょっと良いですか」

　皆川の目は、奥の小さな会議室に向けられていた。和七郎は、言われるままに皆川の後に従った。その〝事故ではないこと〟とは、こういうことだった。

　皆川は、大富豪の大倉喜八郎の意を受けて事務所に派遣されていたが、大倉財閥上層部は、自らの影響力を行使するため、創業する九州鉄道会社において、皆川をその重役のひとりに就かせたかった。

　しかし、大倉の投資が決定される以前に定められた九州鉄道会社定款で、創立時の常議員（取締役相当重役）を発起人から互選するという条項を定めていたため、発起人ではない皆川が開業時点で常議員となることは不可能であった。そうなるためには、皆川は、この時点ですでに発起人であらねばならなかったからである。

　大倉らの多額の出資が急遽確定したために、制度上の矛盾が生じていた。

　皆川は、眉間の皺を集めて、大倉側の事情を説明した。

「新会社の常議員が、発起人の互選であることは知りませんでした」

　皆川は、哀願するような表情になった。

　和七郎は、皆川に答えるとも自分に言い聞かせるともなく、言葉を絞り出した。

「この時点で、大倉さんの意向を無視することはできんでしょうなあ」

　筆頭株主の大倉側とあえて言い争いができるような話ではなかった。

　また、庶務担当の河上も、伊藤博文政府の意向で出向してきていることから、新会社において横滑りで常議員に就任することが期待されていた。

　和七郎は、そうした大倉財閥や伊藤総理の意向があるのならば、皆川と河上の両名を新会社の常議員に就任させることは仕方がないことだと思った。

しかし、ここのところ、常議員選任問題は、ただでさえ福岡、熊本、佐賀、長崎四県の間で先鋭化していた。常議員の人数は、新会社における発言力につながっており、路線着工の優先順位、納入業者の選定などの重要な問題に直接的な影響を及ぼすからである。

常議員枠は、会社の定款で十二人と決められていたため、福岡、熊本、佐賀、長崎の各県はそれぞれ三人の常議員の獲得を目指していた。ただ、集金力に関して福岡県が頭ひとつ抜けていたので、福岡県の発起人らの間では、四人を主張する強硬派も少なからず存在しており、それが他三県の強烈な警戒心を生んでいた。和七郎は、多額の貸付を行っている第八十七銀行出身ということで、福岡県枠の一人として、常議員就任が確実視されていた。

そのような利害関係が絡んだ殺伐とした状況において、新たに二人もの常議員を、割り込ませる余地はまったくないように思われた。

「どうしたらいいですかね」

皆川は、特に、路線建設の優先順位の争いが、常議員席の争いにつながっている現状を懸念しており、自らの割り込みがその問題に拍車をかけるかもしれないということを危惧していた。現状では、「門司～博多」間、「博多～久留米」間、「久留米～熊本間」の三案、すなわち、門司から熊本へと九州をほぼまっすぐに縦断する路線の優先が最も有力視されていた。しかしこれには、佐賀県や長崎県の反対が予想されていた。両県の立場はこうである。

「多数の発起人が議論に参加して時間を費やし、多額のおカネを出したのに、線路は一本も敷設されないのか」

このような言葉を聞くたびに、和七郎ら事務所の人間は、頭を悩ませた。

江戸時代であれば、長崎街道が優先されたであろう。しかし、今は産業面や人口集中度、陸軍の意向などを考慮せねばならない。それが現在優先見込みの縦断案なのだ。

万が一、多くの路線、たとえば、佐賀、長崎方面路線との同時着工と言うことになれば、会社がにわかに巨額の資金不足に陥ることは確実であった。

「ちょっと、社長と相談してみますから」

和七郎は、とりあえずそう言って、皆川を落ち着かせた。

高橋の執務室の扉は開いていた。

和七郎が、その半開きとなっている扉をとんとんと叩くと、高橋は、そのカイゼル髭をすっと触って、振り向いた。

「入っていいですか、皆川さんのことなんですが……」

と言うと、高橋は、うん、うん、と小さくうなずき、席を勧めた。

「役員選挙のことでしょう」

高橋は、長い中央生活の中で、九州弁がすっかり抜けていた。出身地である鹿児島弁が九州北部のここらへんの方言とはあまりに違うために、あえて使うことを控えているのかもしれないと思った。

ただ、和七郎側から、立場上、そのことについて深く尋ねることはしなかった。和七郎は、東京や大阪の人たちと話すときは、標準語をしゃべることが多かったが、薩摩出身の高橋に対しても、なぜだかそのように対応するようになっていた。渋沢と会った時のようなその都会的な風貌や口調が和七郎を緊張させていたからかもしれない。

和七郎は、地元産業界に多少顔が利いたが、中央の政財界に対する交渉力という点では、年下の高橋にまったく歯が立たないことはわかっていた。尊敬なのか、恐れなのか、はたまた劣等感なのか、説明のつかない何らかの遠慮が、和七郎をして、高橋にある一定の距離感を感じせしめるのであった。

高橋は、一呼吸置いた。

「われわれは、大倉さんや政府から百円、二百円という少額のお情けを受けているわけではないですからな、皆川さんと河上さんの処遇は、当然考えないといけないでしょう、大倉さんも伊藤総理もこのことにはいささか敏感でしょう」

「そうでしょうね」

和七郎は、小さくうなずいた。

高橋は、しばらく考え込んだが、妙案を得ないようだった。高橋は、続けた。

「一度、伊藤さんから派遣されている河上君の意向も確認してくれんですかな。彼は、法律にも明るいしなかなか使える男ですから」

「わかりました」

社長候補の高橋にとっても、新会社の定款に規定されている以上、いかんともしがたい問題であった。まして、自分でさえ社長候補として最近やっと発起人らから推挙されたばかりの身であるから、政府と地元を融和する意味でも、この機会に表立って各県実力者に対してごり押しすることは避けねばならなかった。

和七郎にも、これといった良い案はない。とりあえず、中央政府から派遣されている河上の考えを聞くこととした。


河上は、庶務一切を仕切っており、その日も忙しそうにしていた。

「河上さん、ちょっと時間ありますか」

「は、何でしょうかね」

河上は、和七郎がいつにない真剣な表情を浮かべているのを見て、怪訝な顔をした。

早速、仕事を切り上げて、隣の和七郎の部屋に入ってきた。

和七郎は、河上が入ってくるなり、説明を始めた。

「実は、皆川さんと河上さんのことですが」

と、河上は、一瞬大きく眼を開いて和七郎の顔を覗き込んだ。

「えっ、私のことですか」

和七郎は続けた。

「皆川さんも河上さんもこんまんまでは、常議員に選ばれん状況ですよね」

河上は、ああ、あのことかというふうに、小さくうなずいた。

和七郎は、皆川が心配していることや、高橋も、両者の役員就任を容認していることなどを説明した。

「なんか良い方法がありますかね」

和七郎は、素朴に尋ねてみた。

「んー、そうですなあ」

河上は、さまざまな場面で如才ない立ち回りができる器用な人間であった。それだからこそ、伊藤総理から、高橋を補佐し中央との折衝や庶務全般を任されていた。

しかし、今回ばかりは、河上にとっても、すぐには答えが出せない難問中の難問であるようだった。河上は、いまだ何かを探すような瞳をこちらに向けて口を開いた。

「定款はどうもこうもいまさら変えられませんから、まずは皆川さんと私が発起人の権利を認められんといかんでしょうな」

「でも、どうやって認められるでしょうか。発起人であるべき時機はもう過ぎとるでしょうに」

和七郎は、素直な疑問を返した。河上は、冷静に返事をした。

「今さら発起人自体になることは無理でしょう。もうその手続きは終わってますから。ただ、常議員選任という事項において、発起人同等の権利を持つということはどうでしょうかね」

聞き慣れない言葉に、和七郎は、食らいつくようになった。

「同等の権利……。そ、それは、何ですかね」

河上は、真剣な顔つきになった。

「つまり、常議員選任の会議の前に、その発起人総会で、我々二人が発起人と同等の権利を持つという動議を、議決することが必要でしょうね。発起人総会は、会社創立の組織上、万能ですから」

「ふーむ、なるほど」

和七郎は、感心した。さすが、伊藤総理から目をかけられている男である。理屈は、通っていた。

「それはそうとして……」

和七郎は続けた。

「もうひとつ難問があるでしょう。実際、選ぶ権利を持つ発起人数は、圧倒的に地元の人間が多いんですから、その権利を持ったとしても、常議員選挙の時は人数勝負になって、その選挙結果として十二人が選ばれることになる」

と疑問を重ねた。河上は、一気に暗い顔つきとなった。

「それはそれでまた後の話で……。それは、各県のまとめ役に相談して、選挙の前に投票人数は調整しておく必要がありますね。結果としては、どこかの県が減ることになるでしょうね」

「うーむ、そうですか」

和七郎は、不安になったが、一応納得することができた。また、河上の見通しの素早さと事務処理能力の高さに驚いた。

「ただ、まずは、事務所内で意思統一しておきましょう」

和七郎は、高橋の了承を得たあと、すぐに大倉派遣の皆川を部屋に招いて、河上の提案を説明した。

「皆川さん、どう思われますか」

皆川が口を開いた。

「これは率直に言えば、本当にありがたい話です。社長の了解も得られたそうで……。ただ、選挙での人数増減はどういったふうに決まるのでしょうか」

河上が説明した。

「それが問題ですね。結局は、各県のまとめ役や有力者に、票をまとめてもらわないと、いかないですから、そのへんは、和七郎さんと高橋社長にうまいこと処置をお願いするしかないですね」

皆川は、河上の提案を納得した。福岡、熊本、佐賀、長崎四県三人ずつと決まりつつあった計十二人の常議員のうち、どこをどう削り、どう各県のまとめ役を説得するかという問題が残された。

河上が、和七郎の顔を覗き込んで、言った。

「各県まとめ役への根回しは早いほうが良いですよね」

しかし、和七郎は、このことを事前に話せば、それぞれの県で話が漏れて、まとめ役を巻き込み、総会前にして各県それぞれで大騒動を巻き起こすことがわかっていた。和七郎は、河上の目の前で大きく手を振って、すぐさまそれを否定した。

「いやいや、それは絶対無理です。大混乱になりますぞ。そんなことをしたら、総会さえ開けなくなります。まずは、総会を開ける状態は維持しておかないと。事前の根回しはやめておきましょう」

事情を知る皆川も、大きくうなずき、同調した。

「総会の当日、社長を巻き込んで、まとめ役の方々に話して納得してもらって、なんとかその場で反対派を説得してもらうしかないでしょう」

これは、大いなる賭けであった。各県のまとめ役でさえも、このような強行案を納得するかどうか未だわからない状況であったからである。

とりあえず、この一件は、高橋を除けば、和七郎、皆川、河上の三人の間で秘密を保持することにした。熊本のまとめ役嘉悦の名代で事務所に常駐している柴山にさえ、話すことができなかった。


明治二十一年八月十六日発起人総会前日、それは、うだるような暑さの夜だった。

ひとしきりの夕立でまき上げられた湿気が部屋中に充満して、夏の夜の息苦しさをいやがおうにも増していた。和七郎、皆川、河上は、熊本嘉悦の側近で事務所に常駐している柴山を呼び出した。

「何事ですかね」

柴山は、三人から急に呼び出されたことに、明らかに警戒するような表情を浮かべていた。

「新会社の常議員のことですが……」

和七郎は、柴山からの視線を少しずらすと、いつになく淡々とした表情で、言葉を投げかけた。

「我々はこげぇ感じで考えとんのですよ」

と、和七郎は、一枚の手書きの紙を差し出した。脇から二の腕にかけていっそうの汗が噴き出した。

そこには、以下のようなことが書かれていた。

一、常議員一カ年の報酬金額を三百円と減額修正すること
一、発起人権利付与の動議を常議員選挙前に発し、すぐに可決すること

一行目は、会社の経営状況を鑑みて、すでに各方面に根回しされていた事項である。問題は、二行目であった。

柴山は、怪訝な顔をして質問した。

「この二つ目は、何ですかね」

和七郎は、言った。

「皆川さんと、河上さんのことです。実は、この二人が、会社の常議員になるっちことを大倉さんや政府から要求されとんのですよ」

柴山は、ほお、と小さくつぶやいた。そして、しばらく考えた後、合点のいかない顔をして、和七郎に質問した。

「そうしたら、常議員の選任問題はどうなるんですかね、十四人になるとですか」

和七郎は、首を小さく横に振ると、柴山の顔を上目遣いに見た。

「いや、十二人です。それはもう、定款で決まっちょりますけん、動かすことはできません」

「はあ」

柴山は、それでも未だ問題の所在を掴み損ねていた。和七郎は、続けた。

「そこでですが、我々は、こう考えちょるんですよ」

そう言うと、常議員人事の具体案が書かれたもう一枚の紙を机の上に並べた。

その常議員名簿には、福岡、熊本、佐賀、長崎から、それぞれ、三、二、二、三名の枠と、皆川、河上の二名、計十二名の名前が記載されていた。すなわち、熊本、佐賀をひとりずつ減らし、中央から来た皆川、川上を常議員として選任させる形となっていた。

柴山の顔が、みるみるうちに紅潮した。

「こ、これは、どぎゃん意味ですかな、我々は何も聞いとらんですよ」

柴山の紙を持つ手が小刻みに震え、額には汗がどっと噴き出した。当然のことであるが、熊本、佐賀両県が予定する常議員の数を削減するということは、両県の会社経営における発言力を低下させてしまうことを意味していた。

柴山は、激しく食いついた。

「これはみとめられんですばい、社長はこれば知っとるとですか」

柴山が、皆川と河上のほうを振り向くと、二人は、静かにうなずいた。柴山は、目を大きく見開いて呆然とした後、和七郎に振り返り、そのひざをぐいっとつかんだ。

「佐賀の発起人らにはもう言うとるとですかっ」

「いや、佐賀の伊丹さんには、明日、話を持っていかんといけんですけんど」

和七郎は、あえて表情を作らずに淡々と答えた。柴山は、目前の三人を見渡して言った。

「いやいや、こりゃ佐賀の人も絶対反対するでしょうが。我々も、こぎゃんとは明日県人に話すこつはでけんですばい。中央から強引に二人入れれば、各県間の釣り合いがとれませんですぞ。各県三人ずつじゃなかったとですか」

柴山は、はっとした表情を見せて、和七郎の顔を見た。

「松田さん、何でもっと前に話してくれんかったとですか」

「いや、話さんかったち言うわけじゃ……」

和七郎は、口ごもった。

和七郎としては、柴山がこの重要事を前日まで知らなかったということにすれば、それはそれで、明日開催の発起人総会において柴山が熊本の発起人らに対して自分は知らなかったと言い訳することができる、我々三人だけが汚れ役になる、との配慮があった。しかし、怒っている柴山に対して、ここでそのような弁解をしたくなかった。

和七郎は、続けて柴山のほうに向いて居住まいを正すと、懇願するように言った。

「新会社は、大倉さんや伊藤総理の意見を、無視でけんのですけん」

この言葉が、和七郎が意図するところとは逆に、柴山の反骨心に火をつけた。

「なんで中央ばそぎゃん大事にせにゃいかんとですか、ここは九州で、九州の民営鉄道ですぞ」

和七郎は、前回の係争時と同様、柴山の九州人としての一途な気持ちを十分理解できた。ただ、中央が納得しなければ、事業自体が立ちゆかなくなるのであった。社長候補は、すでに中央から派遣されている。和七郎は、それらすでに確定した事実と、柴山への同情心との間で板挟みになった。

「だけん、事務所ば博多にするとは、反対しとったとに」

柴山は、捨て台詞を吐いた。

九州鉄道が発案される数年前に、長崎がそうであったように、実は熊本県独自で鉄道を建設する話が進んでいた。九州鉄道創立手続きでも、熊本県は福岡県と並んで中心的な役割を果たしていた。この頃、産業に関しては福岡が九州の中心となりつつあったが、軍事や教育など政府機関の多さで熊本が福岡を凌駕していた。柴山は、ここにきて、九州鉄道の事務所を福岡側に譲ったことを悔やんでいた。

この一件は、総会のために前日から博多に宿泊していた各県の発起人らに直ちに伝えられた。ここにきて、事務所詰めの三人を中心とする「社長党」と、福岡県南部、熊本県、佐賀県を中心とする「九州党」の対立は決定的となったのである。

明治二十一年八月十七日午前、発起人総会は、冒頭から紛糾した。議論が議論にならず、めいめいが会社の経営に対する自分勝手な主張を述べ続けた。

十八日になっても、事態は進展することなく、社長側は議案の審議に入ることさえできなくなった。結局、その日の夕方には、和七郎、柴山、皆川、河上の四人と和七郎以外の各県まとめ役三名の代表者の計七人が集まって、事態打開のための協議会が開かれることとなった。

佐賀まとめ役の伊丹文右衛門が口を開いた。

伊丹は、かつて旧来佐賀鍋島藩の御用商人であり、財をなし、現在は地元で設立した栄銀行の頭取を務め、九州党の中でもその影響力は抜きん出て大きかった。

「まずかことになったな。さっき熊本の人とも話したとばってんが、この際、お互いが譲歩せんとどうにもこうにも収まらんばい」

そして、伊丹は、周囲を一通り見渡すと続けた。

「こんまんまだと、特に、この無茶な案ば作ったあんたたち三人は、暗闇で刺されるかもしれませんぞ」

三人とは、和七郎、皆川、河上のことである。物騒な発言ではあったが、議場の発言者の剣幕からすれば、あながち脅しとも受け取れなかった。

伊丹は吐き捨てるような口調になった。

「もうみんな感情的になって、どうにも収拾がつかん……。あんたら三人の印象は、うちの地元連中の間じゃ最悪じゃ。常駐事務者の三人は今回の常議員選挙で選ばれることはあきらめて、全員退いてはどがんかな、そして何もなかところから、もういっぺん考え直すことにせんね(しませんか)」

重鎮伊丹の言葉は重かった。このままでは、会議がにっちもさっちも行かないことは、全員が理解していた。伊丹の新しい案はこうだった。
一、中央からは、大倉財閥と政府から、皆川と河上以外の人材をそれぞれ一名ずつ新たに派遣してもらい、その二人を常議員とする。今後の遺恨を残さないために、皆川と河上両名は帰京してもらう。

一、福岡は、出資額が多いため、現状予定通り常議員数を三人とする。松田和七郎は引責で常議員にはならず重役としては無役とするが、実務面で必要なため、引き続き事務所詰めで常勤業務を行う。

一、佐賀は、県別で出資額が二番目に多いことから、常議員数を現状予定通り三人とする。

一、熊本は、出資額僅差であるが三番目であることから、二人へと減らす。ただし、その代わり、有力となっていた「久留米〜熊本」間の軌道をほぼ決定事項とする。柴山は、業務継続の必要性のため、引き続き事務所詰めで業務を行う。

一、長崎は、出資額が最も少ないことから、常議員を三人ではなく、二人とする。

中央の投資家、政府の意向、熊本・佐賀を中心とする九州党の意向を斟酌した案であり、いわば、落としどころであった。伊丹案では、九州党の多い佐賀を減らすのではなく、長崎を減らす案となっていた。九州党へ半歩譲歩した形であった。

和七郎がこの案についての口火を切った。

「これで丸く収まるんであんなら、私はこれでいいと思っとります」

皆川と河上が松田和七郎に詰め寄った。

「ですが、和七郎さんが会社創設に一番頑張ってきたんではないですか。和七郎さんは、常議員になれなくて本当に良いんですか」

和七郎は、深くうなずいた。柴山は、黙って話を聞いているだけであった。


大勢は決した。

和七郎は、常議員になれないことで派遣元の第八十七銀行頭取清水がどのような反応をするか、ちらりと気になったが、すでにここにいる幹部全員が伊丹案に反対できる活力を失っていた。長崎が結果として少し割を食った形になったが、県別で出資額が少ないので、長崎まとめ役で実力者の松田源五郎が地元の発起人らをなだめることになった。


果たして、この伊丹の作った案に対しても、各県の発起人の多くが反発し、廃案の危機に陥った。

特に、主に福岡南部、熊本、佐賀らで構成される九州党は、さらに数日間に亘って、自らの地域、県の事情を長々と説明した。特に、路線建設の優先順位にも影響する常議員選任に関しては、依然、感情的な言い合いが続いた。そして、ついに、急進派の九州党の発起人らは、議論にじれて次々と勝手に帰郷してしまう事態となってしまった。

しかし、これは、逆に言えば、各県穏健派の発起人と福岡北部を主体とする社長党の人々にとって、この伊丹案で採決するための絶好の機会となった。

伊丹は、残った佐賀や熊本の発起人らを前にこう熱弁した。

「どうもこうも、免許が下りた以上、とにかく決めるべきことは決めて、期限までに会社の体(てい)ば成さねばならん」

すでに議論は出尽くし、東京や大阪の出資者の意向を無視することができず、大倉側と政府から新常議員を二人受け入れざるを得ないことは誰の眼にも明らかであった。一週間にも及ぶ長い会議であった。会議に残った社長党と穏健派の九州党双方とも議論に疲れ果てていた。

八月二十三日、残った発起人らで構成された発起人総会において、十二人の常議員の割り当てが伊丹案の通り決定された。後に中央からは、今村清之助と井上保次郎という二人の人物が、非常勤ではあるが、皆川、河上に代わり常議員に選ばれた。(注7)

和七郎は、常議員ではなかったが、依然中心人物のひとりとして、引き続き会社の資金・建築業務を担当することとなった。柴山も、和七郎同様、引き続き事務所で資材調達・管理業務を担当することになった。

たいへん難産ではあったが、こうして、九州鉄道会社は、ついに設立された。

(注7) 創立総会のより詳しく正確な情報は、下記文献参照。『創立期幹線鉄道会社における重役組織の形成：―九州鉄道会社の成立と地域社会―』中村尚史「経営史学」30号（3）PP.1～38、一九九五

質朴鉄路

この頃、全国的な不況から金融逼迫は続いており、株式市場の低迷によって九州鉄道株式会社の株式払い込みが著しく停滞し、それに伴って予定していた土地の買収と鉄道建設の資金繰りが苦しくなっていた。

萌芽期の日本の資本市場では、追加発行予定の株式を会社から一括して買い引き受ける投資機関のようなものがほとんど成長していなかったため、会社は、投資家によって徐々に払い込まれる出資金によって運営されていた。設立時の出資の半分程度は、既に九州の地元で調達できていたが、追加資金となると地元からこれ以上調達することはなかなか難しく、資本力に勝る東京や大阪の投資家の追加出資に頼らざるをえなかった。

会社は資金難のため、今後の事業の継続が難しくなるかもしれないという厳しい状況に追い込まれていた。

和七郎は、会社に皆川や河上という常駐の中央対策担当者がいなくなったため、実質的な会社幹部の立場として、この資金不足の問題を至急解決せねばならなかった。

和七郎は、中央から新たに選ばれた非常勤常議員（取締役相当）である今村清之助に相談するために、東京へ向かった。

今村は、明治十一年に設立された東京株式取引所の発起人であり、角丸証券の社長であるが、四十歳にして近々銀行の設立までも計画しているという辣腕投資家であった。鉄道事業に積極的であり、今村の九州鉄道常議員の選任に際しては、大倉喜八郎の紹介があった。


和七郎は、南茅場町の今村の事務所に顔を出した。

今村の執務室は、外国かと見まごうような完全な洋風の造りで、今村は、一畳ほどもある大きな机の向こう側にどんと腰を沈めていた。ダブルのスーツに身を包んだ今村は、まさに新進気鋭の投資家といった出で立ちを誇示していた。

和七郎は、開口一番、こう切り出した。

「今村さん、ごぶさたをしております。最近投資家の動きはどうでしょうか」

今村は、相場師らしい、察しの良い顔つきになった。

「動きというと、株価のことですかな」

「は、はい」

「あまり良いことはないですな、ご存じかとは思いますが、ここんところの相場下落で投資家はみな追加のカネを出し渋っております」

と、今村は、その冷徹な目を以て事情を表現した。和七郎は、疑問を投げた。

「政府から〝利子〟補給が付いたでしょう。あれでも、効果はなかったんですかな」

今村は、諭すように言った。

「あれは最低限の話ですぞ、あれがなかったら、今の半分もカネは集まらなかったでしょう」

和七郎の出身母体は金融業であったが、福岡からは中央の投資家の動向とか、株式市場の場況といったものは、まったくわからなかった。ことに、景気や相場の見通しについては、今村の意見を信用するしかなかった。

「どげんしたら、もっと集まるんでしょうか」

と、和七郎は、会社が資金不足の状況に陥っていることを説明した。今村が続けた。

「こんなに相場が下がってる間は何したって無駄です。『休むも相場』とも言いますからな。しばらくしたら考えましょう」

しばらく、と言われた和七郎は、あわてた。手ぶらで帰るわけにはいかなかった。

和七郎は、食い下がった。

「うちには、相場回復を待つという時間はないです。考えるとは……何でしょうか」

今村は、首を少し傾けて和七郎の視線を避けると、こう続けた。

「それでは、今やれることだけ言いましょう。まずは、路線建設の優先順位を明らかにして、それをあえて公表したらどうでしょうか。もちろん、カネを回収できる路線が先です。カネにならないものを今は作ってはいけません」

和七郎は、答えた。

「それを公表することに意味があるんでしょうか」

今村は、静かな口調になって答えた。

「会社の情報は、投資家にある程度の安心感を与えます。投資家は、九州鉄道の経営動向はまるでわかっていません。だから投資に二の足を踏んでいるのです」

そして、今村は、さらにしばらく考えると、提案した。

「九州鉄道の株を取引所で売買させたらどうでしょうか」

九州鉄道会社の東京株式取引所への上場の提案だった。

すでに、同様の民営鉄道事業が先行している山陽鉄道会社は上場していた。山陽鉄道の株価は現状ではかんばしいものではなかったが、九州鉄道株の上場は、その事業の存在を改めて世に知らしめ、株式払い込みを促す狙いがあるものと思われた。

今村は、さらに投資家の気持ちを代弁した。

「九州は遠いので、東京の投資家は何かと不安なんですよ。上場して情報の質と量を増やさないと、投資家はついてきません。とにかく、宣伝のようなものが必要ですよ」

説得力のある提案だった。

和七郎は、情報提供の必要性を痛感した。

そして、今村は、念を押すようにもうひとつ付け加えた。

「松田さん、経費削減に加えて、建設期限だけは守ってください。そうしないと投資家からの信用がなくなり、一気に資金不足になりますよ。そうしないと、よくある通り、悪循環に陥って、会社は破綻します」

「わかりました。心得ておきます」

和七郎は、今村の目を見据えながら静かに答えた。

やはり、東京の金持ちにとって、九州の会社は、その地理的距離と同様に、投資先としては感覚的に遠い存在なのである。その遠さを埋めるためには、できるだけ早く株の上場を行って、九州鉄道会社の経営状況について適時適切な経営情報の開示を行うべきであると悟ったのである。

和七郎は、次に、大阪に向かった。

大阪では、同じく非常勤常議員に就任した井上保次郎に面会した。井上は、関西実業界の重鎮である松本重太郎の側近的立場の人物で、先に和七郎や安場が支援を要請した藤田伝三郎の紹介で知り合い、後に会社の常議員になってもらったという経緯があった。

井上は、家業の両替商から出発して金融業を拡張、愛知県半田の第百三十六国立銀行を買収したのちに大阪で井上銀行を設立し、その金融資本を元手にして、全国の有望新事業に対して積極的な投資を行っていた。九州鉄道会社に対する投資は、その一環であった。また、井上は、藤田伝三郎や松本重太郎らが敷設した阪堺鉄道においては、実務面で経営に参加し、鉄道事業に対してすでにある程度の経験と見識を持っていた。特筆すべきことは、井上がなんと未だ二十代の若者であることであった。

井上は、大阪堂島の事務所で和七郎を待っていた。和装の出で立ちの井上は、関西人らしくいかにも相手にくだけた様子で問いかけた。

「松田はん、久しぶりや。九州の具合は、どないです」

井上は、椅子に腰掛けるやいなや遠慮なく袖を腕まくりして、和七郎の顔を下からのぞき込むように言った。

和七郎は、答えた。

「どうもこうも、景気が悪いので、なかなか会社への出資が集まりませんね」

「東京は、景気悪いそうやね。大阪は、結構悪くないんやけど」

井上は、あっけらかんと言った。儲けを隠さないところが、逆にこのあたりの大胆で苛烈な商売風土を感じさせた。

和七郎は、井上の鉄道事業のことが気になって質問した。

「というと、阪堺鉄道のほうは、うまく行ってるんですな」

「まあ、なんとかあんじょうやっとります。そやさかい、最近じゃ、和歌山のほうに路線をのばさへんかちゅう話も出てますねん」

井上は、うれしそうに答えた。

「そうですか、それは良かった。藤田さんもお喜びでしょう」

和七郎は、さらに聞きたくなった。

「鉄道事業で儲かる秘訣というのは、あるんですかね」

井上は、ははは っと明るく笑うと、

「そんな、鉄道事業で特有ちゅうのはありまへん。そないなもんあったら、私が聞きたいぐらいやで」

と答えた。和七郎は、ひとりごとを言うように小声でつぶやいた。

「うちの会社は、儲けとかなんとか言う前に、まずは、資本金をどう集めるかの段階でまだまだ苦しんでいるんですがね」

それを聞いて、井上が答えた。

「資金集めのことでしたら、私はもともと投資家やさかい、ようわかります。投資家の身になって考えたらよろし」

和七郎は、返した。

「投資家の身というと」

井上は、左手の甲をぐいと曲げそれをあごにあてがうと、肘をついた。そして、そのまま和七郎を見直して告げた。

「投資家は、結局、現金なもんですさかい、まずは配当を重視しなはれ。うち阪堺鉄道は、配当二割出しとりまっせ」

「二割！」

和七郎は、驚いて息をのんだ。

井上は、自信を込めた視線を反して、よりはっきりとした口調になった。

「そのゼニ出すにゃ、辛抱ですがな、辛抱。一にも二にも、まずは、経費を削んなはれ。それが、やらなあかんことや」

和七郎は、唸った。この利益第一主義が政府の井上勝鉄道局長の危惧する民間経営の併害ではないか、とも思った。しかし、これは和七郎が介入すべき事柄でもない。

しかし、それにしても、この期に至ってさらに経費を削減すべし、とはなかなか厳しい意見だった。和七郎は、少し反論したい気持ちになって、答えた。

「ただ、うちは、もう経費はだいぶ削ってますよ」

井上は、和七郎の言葉を完全否定するかのように右手を大きく二度ほど振って、ゆっくりと諭すように言った。

「九州の話は聞いとります。ただ経費は、まだまだ減らさなあかん。過去十年、投資家は、ゼニは出したが倒産したちゅう苦い経験をいやになるほど味おうとります。そこが投資家のいっちゃん恐れとるところなんですのや。」

そして、井上はあごを上げて、少し上から見下ろすような体になって続けた。

「東京はどないか知りまへんが、大阪じゃ、そないせんと誰もゼニは出しまへん」

どこかで聞いた言葉と言えば、それは、数年前の和七郎自身の言いようであった。数年前、銀行勤めしていた和七郎が頭取の清水に対して強弁したような資金を提供する側の都合に拠った主張だった。

「そうでしょうか」

和七郎は、腕組みをして考え込んだ。井上は、その若さ故か、直截で遠慮なく実務面にも切り込んできた。

「松田はん、官営気分でやってはるんやないですか。藤田はんに聞かれはったと思いますけど、うちの線路や蒸気機関車は全部中古ですのんや。そんだけ辛抱して、辛抱して、ほいで利益を出しとんですわ……」

「また、日本鉄道とは違うて、政府の〝利子〟補給なども一切受けてまへん。日本初の純粋な民営鉄道や。これが大阪の心意気でっせ」

和七郎は、反論する言葉が見つからなくなった。

「九州鉄道は、〝利子〟補給を政府からもらっても資金が集まらない……」

井上は、続けた。

「鉄道路線の土台の建築にゃ手抜きはでけへんでっしゃろが、節約して仕上げていく努力はでけるでっしゃろ」

和七郎は、大きくうなずくと、井上の次の言葉を待った。

「民営やさかい官営のようにごつい構造物はいりまへんで。停車場も同じや。簡素なやつでよろし。うちの会社は儲けるためにそうしてますで」

それまでの和七郎の頭にはない考えだった。東京周辺の官営鉄道事業は、利益第一主義ではない。しかし、阪堺鉄道は明らかに違う。良い意味で利益主義で官営の対極にある。日本全国どこを見渡してもここまで経済的に節制した発想はないであろうと思った。

ただし、即座に返事ができる話ではない。今後の九州鉄道建設の路線の諸処の実務作業に大きな支障が出るのではないかと思ったからである。社長や技師のルムシュッテルらとも、相談せねばならない。

鉄道局の懸念もわかるが、この井上保次郎のようにシブチンでなければ、地方では、多額の資本金は、投資家からとても集めることはできないであろう。井上の若さと勢いに押された。

和七郎の頭の中はさまざまな課題でいっぱいになった。

「わかりました、社に戻って相談してみましょう」

このときは、井上に対してこのように答えるのがせいいっぱいであった。


和七郎の博多への足取りは重くなった。東京と大阪の投資家の経営に対する意見は、実際のところ、たいへん参考になるものだった。と同時に、それは、九州鉄道のこれまでの経営の甘さを的確に指摘したものでもあった。

今はどうしたって、いろんな意味で辛抱の時期だ。ルムシュッテルが安価で優秀な設備、機械を紹介してくれていたおかげで、和七郎は、これまでの経費はかなり節約できていたと勝手に思い込んでいたのだが、阪堺鉄道に比べればまだまだだ。今後はさらに経費を削減していかねばならなくなった。そうするしか、九州鉄道会社の明るい未来を築くことができないのである。

和七郎は、博多の事務所に戻ると、高橋、長崎の松田、ルムシュッテル、柴山、そのほか数人の技術陣を集めて、今後の方針を協議した。社長の高橋は、和七郎からの報告を聞き終えると、溜息をついた。

「そうですか、東京や大阪の投資家からのわが社に対する目線は依然厳しいものがありますな。しかし、やるべきことはやらねばならん」

高橋は、少し元気を失った技術陣を鼓舞するかのように、あえて力強い声をあげた。自慢の髭が、会社を統率しているという社長職の顔に映えた。そして、しばし思案顔になると、おもむろに皆を見渡して言った。

「それでは、同時着工とされていた門司方面区間、熊本主要区間はとりあえず少し後回しにして、『博多〜久留米』間を最優先することとしましょう。そして、……」

高橋は、立ち上がって、社長室の壁に掲げている路線図を指さした。

「この鉄道敷設はもちろんとして、区間中の六つの停車場には、できるだけ簡素なものを造るよう計画を早急に練り直しましょう。至急です」

皆が驚きの声をあげた。熊本区間の建設は、熊本側が常議員数の三人から二人への削減について納得するための条件のひとつであったが、この存亡の危機に至っては、そのようなことにかまってはいられなかった。

高橋は皆の反応が鎮まるのを待って、さらに続けた。

「それでも、いずれまた資金が立ちゆかんようになるのかもしれんですな。和七郎さん、東海道などの官営鉄道の一マイルあたりの建設費は、八万二千円を超えてるという話を聞いたが、うちは、今、だいたいどれくらいで進んでいるんですかな」

和七郎が答えた。

「うちは、マイルじゃなくてドイツ基準ですからキロ計算なんですが、……マイルに換算しますと、今の計画では、用地買収費用が東京あたりほどかかってませんので、……えーっと、五万円を少し切る程度ではないでしょうか」

「五万か、……そんなに安上がりでもまだ投資家にはまだ魅力がないというのか」

高橋は、唇を噛んだ。

この際、長期的な経営戦略の良しあしは、二の次である。とにもかくにも、資金集めを継続していくためには、中央の投資家に対して、現在時点の鉄道事業の投資条件の良さを数字で訴えることが重要なのであった。計画の着実な実行と採算性の向上が民営鉄道には不可欠なのである。

株式市場はいまだ未発達で、会社は実質的に少数の富豪たちの共同出資で作られているようなものだった。その意味では、金持ちたちのカネ稼ぎの〝おもちゃ〟なのである。おもちゃは、面白くないと、買ってもらえない。

会社としては、上場前に、金主(きんしゅ)向けに、今以上に有利で明確な費用、利益の見込みを提示せねばならなかった。

「それでは……」

高橋は、上を向くと、眉をひそめ、絞り出すような口調になった。

「現状から二割削減目標で費用を見積って実行してください。柴山さん、できるだけ地元の資材を使うようにしてください。大阪の井上さんの言うように、今のところは、停車場建設は、できるだけ簡素なものにして、とにかく帳尻を合わせないと、……。ただ、線路の基礎部分の安全性だけはおろそかにしないでください」

そう言うと、皆の反応を確かめるように周りをぐるりと見渡した。

和七郎は、ひとりつぶやくと、膝の上に置いた拳をぐっと握りしめた。

「二割とは……」

和七郎は、金融機関の出であるから、経費を節減することに異論はないどころか、むしろ以前からそうすべきであると考えていた。その和七郎にしても、さらに二割というのは、予想外の大きな挑戦であると思った。

臨席していた長崎まとめ役の非常勤の松田は、すぐさま、ドイツ語で、横に座っているルムシュッテルに説明した。ルムシュッテルは、両手を広げなにやら叫ぶと、長崎の松田としばらく話し込んだ。日に焼けた顔が熟れた柿のような赤みを増して、なにやら怒りの感情を表していた。ルムシュッテルは、まったく納得していなかった。

しかし、長崎の松田は、ルムシュッテルを少し落ち着かせて、会話を半ば強制的に切り上げた。そして、高橋のほうに向き直し冷静な口ぶりになって言った。

「しょうがなかですな、しばらくの間の辛抱です。節約せんと、カネは続いていかん……。まずは、どげん形でも線路ばまず通すことに力をいれんと、ということですな」

高橋は、書類に目を落としたままで、返事はしなかった。社長としては、さらに重荷を課すようでつらい立場でもあり、ルムシュッテルや他の技術陣と目を合わせることを避けているようだった。


蒸気機関車は、それが動いている間中、燃料である石炭をずっと火室にくべ続けなければならない。だから、機関車が始動する前の段階で必要となる石炭を十分用意しておかねばならないのだ。このことは、九州鉄道会社の運営自体にも当てはまる。

〝九州〟鉄道とは名ばかりで、〝中央〟の伊藤政府と投資家が、実質的にその行き先を決めている。そのようなわかり切ったことを、再び教え込まれた。既に走り始めた新会社は、とにもかくにも、前を向いて停まることなく動き続けなければならなかった。

社長の高橋が決断した今回の基本方針は、すぐさま非常勤常議員の今村清之助と井上保次郎にも伝えられた。

彼らと彼らが連携する投資家は、この情報を聞いて、直ちに九州鉄道株の買い増しに動いた。特に、大阪の井上は、自らが経営する銀行や親しい投資家を通じて上場前に多額の投資を行い、大倉喜八郎に代わり実質的に筆頭株主に躍り出た。

容易に会社内部情報を得られる投資家に対して、特段節操が求められていない時代であった。

そしてこれら投資家の資金を得て、九州鉄道会社の資金繰りは一息ついた。会社は、費用削減で収支を合わせ、曲がりなりにも上場会社として存続するための基盤をとりあえず確保した。

嘉悦の主張

これ以前、九州各県の発起人の間では、県内のどの町に路線を通すべきかという具体的な問題が議論されるようになっていた。

鉄道を通せば人の行き来で町や村が潤うとの話が既に世間に流れていたため、九州鉄道に限らず、日本全国で鉄道路線の誘致活動が繰り広げられていた。有識者が、町に鉄道を通すことは、事実上、百年の大計であるとまで民衆に触れ回っており、その活動は過熱する一方であった。

たとえば、福岡県と熊本県にまたがる主要幹線において、博多から久留米辺りまでは、山が少なく平坦であり、議論の余地がなかった。

しかしながら、久留米より南方の熊本を目指す道としては二つの選択肢が考えられた。ひとつは、旧来より慣れ親しんだ主街道である薩摩街道を通す方法、すなわち、福岡側では八女の福島を通り熊本の内陸の山鹿・菊池近傍を通す方法であり、これを内陸山鹿案と言った。もうひとつは、大牟田を迂回して熊本の海岸沿いの玉名（高瀬）を通すという方法であり、これを海岸玉名案と言った。

この問題については、地元名士の間で大いに議論となった。それぞれの路線案に沿う町では、陳情や誘致活動が激化していた。

熊本県内において、この件は、当初、旧来薩摩街道である内陸山鹿案主導で進められていた。というのも、内陸には穀物、養蚕の大産地があり、この頃の鉄道敷設が旅客輸送以上に貨物輸送を重視していたからである。さらに、陸軍大臣大山巌から鉄道局長官井上勝に対し、防衛上の観点から、幹線はできるだけ内陸に建設するように要請がなされていたことも、内陸案に有利な点であった。このような事情から、熊本県内においては、内陸山鹿案が最も有望な路線案として、山鹿、菊池を中心とする地域から支持を集めていた。

ところで、会社は、経費削減のため熊本主要区間については、「博多〜久留米」間の後に建設することを

内陸山鹿案と海岸玉名案
図注：九州鉄道会社資料集（明治百年記念）明治十九年計画地図を基に簡易作成

伝えていたが、少なくとも数年以内に熊本県内で鉄道が敷設されるという予定自体は変わっていなかった。

熊本県内の会議において、議論は紛糾した。

和七郎と柴山は、会社の事務担当者であり、立会人という立場で、この会議に参加していた。また、鉄道事業に関わって、県内を走り回っている嘉悦も熊本県出資者のまとめ役として参加していた。熊本県庁舎の会場には、すでに各地区の名士らが大勢詰めかけて、場内は異様な雰囲気に包まれていた。

養蚕農家の意見を代表する山鹿の代表者が声を張り上げた。

「旧薩摩街道である主要道ば通すしかなかぞ、繭や生糸、菊池米ば、運ばにゃならんし」

山鹿・菊池出身の名士は、こうした主張を繰り返し、内陸山鹿案の強引な決着を目指したが、玉名（高瀬）出身の財界人は、福岡県の大牟田周辺の名士らの応援もあって、海岸線案を主張した。

「いや、玉名には漁業も活発じゃし、農産物の積出し港もあるとだけん、海岸線ば通すべきじゃろう」

すると、山鹿側がすぐに反駁した。

「漁業はたいしたカネにはならんだろうが」

両陣営は、互いに憎体を隠さず、議論は延々と続き、終わりのない罵り合いが永遠に続くように思われた。

三時間の議論の後、会議は成果なく散会の危機に直面した。このような議論の場では、穏健的な重鎮の嘉悦は調整役として周囲の議論を聞くことに徹し、黙していることが常だった。

「ワシらの話し合いでは、にっちもさっちもいかんです、嘉悦さんはいったいどぎゃん思っとらすとですか」

山鹿の有力者が、助けを求めるような口ぶりで聞いた。

嘉悦は、議論の開始から、議場の片隅でずっと煙草を燻らせていた。

そして、ここで初めてゆっくりと口を開いた。

「いろんなことを言いよるばってん、ところで、山側を通すカネはあるとだろか」

その言葉に、内陸山鹿案支持の山鹿・菊池の名士達は返事に窮した。

実は、官営鉄道建設でさえも、当初の計画だった中山道の工事が費用の問題で挫折し、明治十九年中頃には、東海道線を主体とする敷設案へと大幅に変更されていた。陸軍の主張する内陸建設の要請は、既に無視されていた。それらの事実から、皆、内陸の工事が費用がより多くかかってしまうことはよく理解していた。

実は、どちらの陣営も自力で建設費を賄うような資金力はなかったため、このような会議では以前から資金問題が議案に上ることはなかった。いやむしろ、各路線を建設するための資金繰りの問題は九州鉄道事務所側の固有の課題であろう、という他人任せな願望が、議論の対象とすることを意識的に避けさせていたのだった。

嘉悦は、続けた。

「カネがなかなら、他人に頼るとだけん、東京、大阪や他県らの意見も聞かないかんばい。どがん思うや、皆さん」

嘉悦が、自らの意見を明らかにした。

和七郎の座席の後方で誰かがひそひそとつぶやいた。

「嘉悦さん、どがんしたとだろか。肩入れするとは、珍しかなぁ」

内陸山鹿案、海岸玉名案の議論がどうのというよりも、嘉悦がそのようなたいへん珍しい行動に出たことに皆が驚いていた。ゆったりとしたその口調がかえって嘉悦の発言に重みを持たせた。

和七郎は、柴山がどう思っているのだろうか、と気になった。柴山は、海岸の玉名出身ではあるが、博多の事務所詰めという立場のために、あえて口を挟むことはなく、嘉悦の傍に静かに控えていた。

嘉悦は、皆の反論がないことを確認すると、和七郎を向いて問うた。

「松田さんたち他県の人は、どがん風に考えとりますか」

思いがけず、和七郎に皆の注目が集まってしまった。

罵り合いは収まっていたが、両陣営の鋭いまなざしが和七郎の体を四方から突き刺した。和七郎は、背中に一筋の冷汗が走るのを感じた。

和七郎は、前回の役員選挙の件もあり、このような微妙な問題に巻き込まれたくはなかった。しかし、この期に至ってしまっては、事務所の人間として、他県の中立的な意見が反映されるようしっかりと、自分の意見を述べねばならなかった。

「熊本のことは熊本で決めれば良いと思っとります。ただ、鉄道の軌道は一本の線でつながっちょりますけ、そんで福岡にも影響があります……」

そして、和七郎は付け足した。

「また、事務所を運営している立場で言わせてもろうたら、現状で、鉄道建設に投じるカネに余裕はいっちょんないです。内陸案は山の多い地域ですけ、建築費でカネはそーとぉかかると思っとります」

和七郎は、あえて、〝山鹿〟という言葉は使わず、反論を恐れ〝内陸〟とだけ言った。はっきりとは言わなかったが、他県や資金源となる中央の投資家が、建設費が安いと思われる玉名海岸案を支持していることを暗に告げたつもりでいた。

嘉悦の横で、和七郎の発言に柴山がゆっくりとうなずくのが見えた。

和七郎には、柴山のその行為が、どことなく自分に対して感謝の気持ちを表しているように見えた。和七郎は、そこに柴山の本心を見た気がした。

「柴山さんも、地元の玉名海岸案を強く望んどる」

和七郎は、そう確信した。

以前、社長選定や役員選考でさや当てがあった和七郎と柴山であった。しかし、うまく説明することは難しいのだが、和七郎は、この一本気で若い柴山と、心の根っこのあたりでは何となく通じ合っているような気がしていた。

和七郎の一言で山鹿の発起人たちは、ぐうの音も出なくなった。形勢は逆転した。

この会議では、結局、建設費が安いと見込まれる玉名海岸案を採用することに決まった。そして、ひいては、福岡県側の路線選択においても、内陸ではなく、もともと賛成者の多かった久留米から大牟田へ至る海岸案の採択につながった。

明治二十二年二月十一日昼過ぎ、技師らの追加測量の付き添いで熊本を訪れていた和七郎は、ついでに熊本の建設事務所に顔を出した。

ちょうどその日は、帝国憲法発布の日で、町中戸ごとに国旗を掲げ、ひと月前の正月がまた来たかのようなお祭り騒ぎの状況となっていた。国旗を翻した馬車と唱歌を歌ってはしゃぐ数人の学校生徒が通り過ぎていった。熊本の建設事務所では、嘉悦が応対に出てきた。

嘉悦は、和七郎が挨拶をするなり、白く伸びた顎髭をさすりながら言った。

「うれしかなぁ」

「私もお会いできてうれしいです」

と和七郎は返した。

嘉悦が一瞬きょとんとした表情を向けたので、和七郎はすぐに場違いな返事をしたと気づいた。和七郎は、機転を利かせた。

「あ、あ、それと、今日は憲法発布の日ですけんね、町中を通ってきましたけんど、どこも大賑わいになっちょりますね」

嘉悦は、その和七郎の反応がおかしかったのか、少し表情を緩めて言った。

「いやいや、西郷さんのことたい」

「え、西郷さんち言うとあの昔の薩摩の西郷さんですかね、何かあったですか」

和七郎は、不意を突かれて問うた。

「知らんとね。今回の憲法発布で大赦も出て、西南戦争で賊軍に参加した人たちの賊名が全部解かれたったい」（注8）

和七郎は、嘉悦が維新の頃、西郷隆盛と親しくしており、請われて一時政府に出仕していた事実を思い出した。最近、鉄道敷設の件で目が回るほど仕事に追われて、世の中の動きに付いていけず、赦免の話を知らなかった。

「ああ、そうですかね、それは知らんやったです。すんません」

和七郎は、頭をちょこんと下げ、申し訳なさそうに言った。嘉悦は続けた。

「まあ、新しい国家体制になったということで、和解とか、お祝いの意味があっとだろう。わしらの今の民権派の仲間もだいぶ釈放されたしなあ」

嘉悦は、隠しきれない晴れやかさを顔一面に広げた。和七郎自身も、嘉悦の晴れ晴れしい表情に、うれしくなった。

先の九州での戦いから十余年が経ち、士族の再就職もそれなりに消化し、皆が皆満足とは言えないまでも世の中が安定してきた。不平不満があっても、それを刀で解決しようとする前近代的な事件も最近ではあまり聞かなくなった。先の戦の頃と比べて、社会全体の雰囲気が明らかに穏やかになっていた。

「数年前まではほとんど不可能と思われとった民間主導の鉄道建設が、こげえ田舎でも可能になったやないか」

嘉悦と知り合ってから長い間、和七郎と嘉悦は、志を同じくして頑張ってきた。まったく収益性を見通せなかった鉄道事業が、このところやっと会社らしくなって、存続できる状況となった。そして、思いがけず、本日、長年の間見下されていた九州の敗戦士族に恩赦が為された。

和七郎と嘉悦は、どことなく新しい時代の息吹を感じていた。

ただ、本日はうっかりしてしまった。和七郎は、顔が少し赤らむのを感じた。

「忙しかったごたるですな」

嘉悦は、和七郎の気持ちを見透かすような笑みで、和七郎に声をかけた。

「すんません、仕事のほうの忙しゅうて」

（注8）明治二十二年二月十一日、大日本帝国憲法・大赦令交布、西郷隆盛正三位追贈。

この政治的施策である恩赦の知らせは、九州鉄道会社にとってもまったく良いことであった。この時期に至っても、九州の各地方の会議に参加すると、中央政府と社長派とを同一視して反感を隠さない強硬民権派の輩がおり、それがたびたび議事進行の妨げになっていた。

嘉悦ら民権派が長らく望んでいた議会開設も目前に迫っている。このような一連の近代化政策は、反政府運動に対する一種の融和策とも言え、九州人の十数年間のわだかまりを解消することに確実に良い影響を及ぼすことだろうと考えられた。

嘉悦は、窓の外を眺めて言った。

「これで喧しく言うやつらもちーっとおとなしくなると良かばってんが」

「そうなるんやろうか」

和七郎は、ひとりつぶやいた。

その時である。号砲がドーンと鳴り、窓ガラスがビリビリと振動した。

「あれは鎮台からの空砲ですな、午後から撃つとは聞いとりましたが、いや今は、鎮台などと昔の殺伐とした名では呼ばんですけん、たしか名称はもう第六師団とかいうやつに変えたとですかな」

帝国憲法発布を記念して、熊本城にある陸軍第六師団から祝砲が放たれていた。轟音は、九州全土に届くかと思われるほど大きかった。

そして、すぐに二発目が鳴った。

「十数年前の西南戦争の時にゃこの音を熊本の人は胸が締め付けられる思いで聞いたもんじゃ。お祝い時にこの音を再び聞くとは何とも皮肉なもんじゃ。そのうちいろんな身分の人を乗せた鉄道が城の下を通ることだろうて。世の中も平和になったもんばい」

嘉悦の目が一瞬細くなった。

「職人も帰ったし、これでうちも今日は半ドンになっとるとですよ」

机の上の書類を整えながら、嘉悦は、和七郎に微笑んだ。事務所の外では、いつ終わるともしれない号砲が、晴れ渡った冬空に鳴り響き続けていた。

憲法発布の二カ月後、九州鉄道会社は、東京株式取引所に上場する運びとなった。(注9)上場の際の株式払い込みにより、会社は土地買収、建設資金を補充することができた。

資金に一応の目処がついたことから、和七郎は、資金担当を外れ建築担当専任となり、今後は、何よりも路線敷設を優先し主導する立場となった。

明治二十二年六月三十日、和七郎は、技術顧問ルムシュッテルと技師長の野辺地の陣中見舞

(注9) 明治二十二年四月一日、九州鉄道株式会社は、株式を東京株式取引所に上場した。当時は、米相場の伝統を引き継ぎ、証拠金を基礎とした投機性の高い市場であり、中でも鉄道株は花形であった。

いに博多湾にやってきた。

久しぶりに来た博多の砂浜には、それまで見たこともない長い桟橋がすでに建設されており、海岸線の倉庫脇には、船によって運ばれてきたと思われる鉄道建設の資材がうず高く積まれていた。

和七郎は、ルムシュッテルを呼んだ。

「ルムシュッテルさん、また、鶏をもらってきたよ」

ルムシュッテルは、この頃、その桟橋から博多停車場建設予定地まで運搬用のトロッコ鉄道を建設したばかりであった。このトロッコによって、港に着いた船から鉄道沿線へと直接的に資材が運ぶことができた。

ルムシュッテルは、和食が合わず、鶏の蒸し焼きをつまみにしてビールを飲むことを、毎日の食事代わりとしていた。和七郎は、私塾で勉強していた経験があり、ルムシュッテルも英国、米国に業務滞在した経験があることから、両者は多少の英語を解した。

「ああ、ありがとうございます」

ルムシュッテルはドイツ人らしい赤く日焼けした顔でうれしそうに返した。

土木の管理監督者である技師長の野辺地は、図面に集中しているようで、海岸端で和七郎に背を向けていた。和七郎は大声を出した。

「野辺地さん、進捗状況はどうですか－」

野辺地は、和七郎に気づくとあわてて小走りで近寄ってきた。技師長の野辺地久記は、土木工事の専門家であり、業務を請け負った業界最大手の日本土木会社から、派遣されていた。

野辺地は、少し息を切らしながら答えた。

「ええ、まったく順調です。久留米方面も軌条敷設の準備はほとんど整いました。完成予定の十一月には間に合いそうです」

「そうですか、それは良かった」

和七郎は、ほっと胸をなでおろした。

早く開通することはその達成だけを意味するのではない。収益をあげて、それを数字として投資家に誇示できれば、株式払い込みを順調に進めることができ、将来に亘って鉄道事業の資金繰りに好循環を生むのであった。熊本方面や門司方面など、次の主要路線の建設計画を具体化するためには、何としても敷設の期限を守ることが必要であった。

「他の木材やセメントとかの資材はどの辺りに積んでいるのですか」

和七郎は、野辺地に聞いた。

「ああ、あれですか。あれは、多方面で建設が増えたのでここに収まりきれなくなったんですよ。ここらへんの地代も高いですしね」

「それで、柴山さんが、博多で保管すると経費がかさむとか言って、ここの大倉庫から先週あらかた久留米の仮倉庫に移しました。柴山さんが、今後は、あちらを保管の中心にするということにしたそうです。あちらの保管料は、ここに比べたらただみたいなもんですからね」

「そうですか。柴山さんもご活躍ですな。貴重品ですから盗難されませんかね」

「大丈夫ですよ、代わりに監視員を常駐させてます」

「それは良かった」

和七郎は、安心した。そして、あっ、と少しうわずった声を出した。

「そういえば、明日七月一日は、東京の新橋から神戸の間がつながるそうですね」(注10)

「そうです。一日くらいで関東、関西が線路でつながるんですよ。親の代なら京都まででも五十三次、歩いて半月以上はかかってたんですがね」

と野辺地は、嬉しそうに答えた。

「野辺地さんは、あちらでもご活躍だったんでしょう」

野辺地は、ここから博多方面へと続く鉄路の先を見やって言った。

「そうなんですよ、私は、何年も前から東海道の沿線で土木指導をやってきましたんで、感慨深いです。ここももう数年でお役御免ですかね」

野辺地はそう言うと、帽子を脱ぎ、持っていた手ぬぐいで額の汗を拭いた。

「あと十年あまりで、私は引退するでしょうね」

そして、少し遠くを見るように目を細めた。

「その後に、新時代で平和になった日本列島を一度列車で通ってみようと思ってるんですよ、……松田さん、私は、将来、そうやって、自分の仕事の成果をゆっくり見て回るのが夢なんです」

そう告げた野辺地の表情は、もう少しで当面の目標を達成しそうだと言わんばかりの自信に満ちあふれていた。

先の会議で優先されることになった「博多〜久留米」間の路線の建設工事は、着実に進んでいった。

土木業務を主に請け負った日本土木会社は、明治二十年四月、藤田伝三郎の藤田組と大倉喜八郎の大倉組の主要事業を合同し再編した会社である。会社の名称からは、〝藤田〟という名は、消えていた。

下請けを使って、切取工事や盛土工事が行われたため、建設現場の地元では、工夫らへ支払われる賃金や料理屋、遊郭などで経済が潤った。現場では、土塁、石塁などによって路盤が固められ、その上に砂利・砕石を敷いて道床を建設していった。特に、河川や低地をまたいで建

(注10) 明治二十二年七月一日、東海道本線全線開通。所要時間は二十時間余。

設された煉瓦拱橋（アーチ型橋）は、その鮮やかな洗朱色が西洋文明の象徴として、沿線の人々を魅了した。

「もう少しで鉄道は開通する。門司までの開通もそげえ遠い将来の話ではない。しばらくすると、船で乗り継いで、赤間関（下関）から鉄路で東京にも行ける時代が来るんかもしれんなあ」

和七郎は、ひとり感慨にふけっていた。

「我々の仕事は、なんちすばらしい事業ちゃないやろうか」

少し前までは、人事や資金調達の面で、九州での鉄道事業には多くの問題が山積だったが、ここにきて、九州鉄道は、その多くが解決する方向に向かっていた。

和七郎は、自分が第八十七銀行で採算性を気にしながら事業審査をしていた時代が、はるかに遠い過去のことのように思えた。

「人生とは、わからないものだ。銀行時代、ことごとく客の空想をつぶしてきた自分が、いまや、夢物語に思えたこの鉄道建設事業に、自分の人生を賭けている……。数字だけじゃないのかもしれんな」

和七郎はひとりつぶやいた。

和七郎は、鉄道経営を通じて培った経験によって、いつの間にか新しい自分が生み出されているような感覚をおぼえていた。

和七郎の頭には、鉄道延長の夢が壮大に広がっていった。いや、和七郎だけではなく、多くの鉄道関係者には、果てなく続く鉄路の延長が、まるで平和の日本が突き進んでいくべき未来の希望への道筋と重なって見えているのであった。

しかし、この頃、太平洋の西の端の海上では、その後の大惨事を引き起こすことになる猛烈な低気圧の渦が九州方面へと北上しつつあった。

最後の流転

久留米を通る千歳川（筑後川）は、九州最大の河川であり、数年に一度の頻度で洪水に見舞われる街道の最大の難所であった。維新後もすでに明治七年、明治十一年、明治十八年と三度の大洪水を引き起こし、家屋を流し多くの死者を出していた。

このような事情で、千歳川では、九州鉄道建設とは別途、国の主導によってオランダ人土木技師らの指導によって、河川改修が進められていた。

水害を防ぐためには、堤防の強化・嵩上げ、河道拡幅、水制の施工、放水・分水路の確保など十年にも及ぶ長期間の工事を行わなければならなかった。このような大河川の改修には、本川の行路の改修費用を政府が負担し、堤防など水害防御に関する費用を地方が支出するという大方針が決められており、千歳川流域においても、福岡県と佐賀県が地方負担部分を分担することになっていた。

しかし、金額の負担割合につき、両県の話し合いがまとまらず、堤防改修工事は予定よりもかなりずれ込むこととなり、鉄道建設のわずか前の明治二十年に起工したばかりであった。石造りの突堤の完成はまだまだ遠い先の話で、水を逃がすための本川の屈曲部分に作る予定の放水路の建設に関しても、まったく見通しが立たない状況であった。

結局のところ、九州鉄道は、千歳川がこのような未整備の川であり、いつ完全に整備されるかもわからないということを前提として、その大川を縦断するように、鉄道を乗せるためのしっかりとした橋梁を建設せねばならなかった。久留米停車場は、その千歳川を越えたすぐ南側の場所に建設される予定であった。

この時代、こういう〝無茶〟なことが往々にして行われていた。

加えて、日本の土木業界は維新以来西洋式土木技術の導入を図っていたが、未だこのような難所に鉄橋を建築できるほどの実力はなかった。よって、このような難工事ともいえる橋梁建設の成否は、ドイツから招聘したルムシュッテルの技術力、すなわち、他力に頼っているという現状であった。

明治二十二年七月四日、九州北部地方では、早朝から雨が激しく降り続いていた。例年通り六月は降雨が長らく続き、上流の大分県日田や熊本県小国地方の山脈の地盤はもともと緩んでいた。

その日、和七郎と野辺地は、視察のため、雨の中を千歳川の橋梁建設工事現場へと急いだ。そこには、上流から流れ来た木材を巻き込んで荒れ狂う濁流があった。

「野辺地さん、大丈夫だろうか、橋脚は」

和七郎は不安を感じざるをえなかった。技師長の野辺地は、慣れた様子で答えた。

「まあ、大丈夫でしょう。昨年もこういう感じは一、二度ありました。明日にでも雨がやんだら、数日で元の川に戻りますよ」

「そうやろか」

和七郎は、銀灰色（ぎんかいしょく）に染まった西の空をみつめてつぶやいた。

和七郎の不安は、不幸にも的中してしまった。

その夜、雨は暴風雨と変わり、家の外では一晩中雷鳴が聞こえていた。雨は一段と強勢を増し、激しい雨がそのまま翌日五日の昼近くまで長々と続いた。水番から伝え聞いた情報によると、ついに千歳川は、五日の朝、無数の箇所で堤防が決壊し、流域のかなりの部分で家屋が浸水したということだった。川の水量の増大は夜まで続いた。（注11）

和七郎は、居ても立ってもおられなかったが、堤防が決壊している以上、暗闇の中、川端に近づけば命の保障はないことを自分に言い聞かせた。五日の夜は、眠れない夜を過ごした。

翌朝、和七郎は、千歳川橋梁の工事現場に急行した。

空は、何事もなかったかのように晴れわたっていた。薩摩街道は、本来大道ではあるのだが、久留米付近に近づくにつれぬかるみがひどくなり、住宅とおぼしき屋根がぽつんぽつんと見えるだけで、田畑のあぜ道、低木、そのほかの町並みがすべて一面泥水に浸かって見えなくなっていた。

和七郎は、一部完成していた鉄道の道床をつたって渡ることで千歳川近辺の高台まで行くことができた。すでに野辺地と柴山が泥色の海と変貌した一面の田畑を眺め、何も言わずにたたずんでいた。

野辺地は、和七郎の顔を見るなり、泣きそうな表情を見せ近寄ってくると、声を絞り出した。

「す、すみません、松田さん」

「どうしたんですか」

和七郎は、てっきり橋梁のことだと思った。野辺地は、続けた。

「資材置き場がすべてやられました」

「ええっ、というと」

（注11）明治二十二年七月五日大洪水。筑後川三大洪水のひとつ。死者七十人、家屋被害五万七千三百余戸。

「全部水に浸かりました。石材とかはいいんですが、痛いのは、高価なセメントが泥水に全部浸かってしまったことです」

和七郎は、柴山をちらりと見た。柴山は、野辺地の後方で言葉もなく罪人のようにうなだれていた。かける言葉もなかった。

「全部ですか」

「すみません……、全部です」

野辺地は、申し訳なさそうに答えた。ふと見ると、野辺地の黒い脚絆がまだらのねずみ色に変わっていた。早朝から調査活動を行っていたのだろう、その顔にはすでに数日分働いたかのような疲れが見て取れた。

工事用セメント九百六十樽が水に浸かり固結してしまっていた。すべて、東京深川のセメント会社へ発注し直さなければならなかった。

資材担当の柴山が自らの判断で資材のほとんどを早めにこちら久留米の仮置き場に移したとはいえ、費用削減自体は社長命令である。柴山を責める気にはなれなかった。

「あのときの経費削減の決断がこのような事態を引き起こすとは」

和七郎は、くちびるを噛んだ。しかし、今、このようなことを悔やんでいる時間はなかった。

「ほかの被害はどないなっちょるんやろうか」

和七郎と野辺地、柴山は、小舟を借りて、泥水に浸かった田んぼの中をかき分けて進み、橋梁にほど近い土堤まで向かった。

途中、船頭が頭上を指さした。

「水はあの辺りまで上がったとです」

見ると、土堤脇の杉の木の脇腹に何か木枠のようなものがぶら下がり、風に揺れていた。

堤防に降り立った。

千歳川は、未だごうごうと音を立てこげ茶色の泥水を流し続けていた。

和七郎らは、眼前に広がる汚泥の流れの先に、建築中の橋梁の煉瓦石積がわずかに赤く顔を覗かせているのを確認した。さすがに橋脚部分は流されていないようだったが、その様子から建築足場は完全に流されているようで、さらに無数の木材や草木が重なって絡みついていた。

「足場や補強からやり直しだな」

いつ引くともしれない泥川を眺めながら、和七郎は、つぶやいた。

「ルムシュッテルさんに連絡して、早速計画を練り直すよう伝えてください。計画作成は至急お願いします」

和七郎は、野辺地に伝えた。開業後の安全な運行を確保するためにも、橋梁部分についてはしっかりと再構築する必要があった。

周辺流域のほとんどの田畑の水没、家畜の流失、用水路・井堰破壊、道路崩壊、橋梁流出などを引き起こしていた。

この事態に至っては、周囲の村々は当面、鉄道敷設どころの話ではなくなった。炊き出しや住居の確保などで数カ月間は混乱状態が続くと見込まれ、鉄道敷設に必要な人足の確保もままならない状況になってしまった。

河川近隣の鉄道建設は、資材、資金、人集めに至るまで、根本からの計画変更を余儀なくされた。


二日後の夜、九州鉄道のほとんどの幹部は、博多の事務所の会議室に集まっていた。

長崎の松田や佐賀の伊丹などの非常勤の常議員も、この日ばかりは会議に駆けつけていた。

久しぶりに主要幹部が一堂に会し、そのものものしさが、一層重苦しい雰囲気をかもしだした。

壁から突き出た石油ランプが人間の鼻とは相容れない独特の臭いをいつも以上に放ちながら、燻った光で出席者の険しい表情を不気味に照らし出していた。

和七郎は、得意の計算能力によってすでに暫定的な建設日程を組み直しており、現場の状況とともに、社長の高橋にその概略を説明した。

「社長、私の見積もりでは、千歳川の橋梁建設は半年はずれ込みますよ。どげえしましょう」

高橋は腕組みをして、うーん、とうなったまま、動かなくなってしまった。

「社長、どうしたんですか」

「いや……」

高橋は、思案していた。

「この洪水はまったくの計算外でしたな」

高橋は、ひとりごとのようにつぶやくと、絞り出すように言った。

「実は、最近現場に出ずっぱりだった和七郎さんには言ってなかったが……、五月以来の株価下落でここのところ銀行が追加融資を貸し渋っとってね……、その上この被害じゃ、追加の建設資金はとても出ませんな」

「えっ」

一同は、絶句した。

物価上昇に対応するため、日本銀行が五月、六月と二カ月連続で公定歩合を引き上げたため、金融は逼迫していた。

和七郎は、建築担当専任に転じて以来、最近の金融機関の動向をうまく把握していなかった。

この期に及んで、洪水による建設延期と、再度の資金不足という二重の障害が待ち受けていようとは思っていなかった。

柴山が、泣きそうな顔をして、高橋に提案した。

「銀行がだめなら、東京の今村さんや大阪の井上さんに言って、投資家向けの説明会を持ったらどがんでしょうか」

若い柴山は、千歳川近くでセメント樽を浸してしまったことに、深い責任を感じているようだった。

和七郎は、即座にそれに反論した。

「いやいや、それにはまた何カ月も時間がかかってしまう。この間だって、株の払い込みで実際に資金が集まるまでに三カ月はかかりました。この状況を説明しても、投資家には逆効果かもしれんですし、今村さんや井上さんに合わせる顔がない」

和七郎は続けて言った。

「この会議で話し合う前に理解しておかねばならないことは、もう投資家と約束した建設期限だけは絶対に守らねばならんということです」

高橋は、千歳川周辺の図面を凝視していた。そして、居合わせた一同に対して告げた。

「そうですな。千歳川への開通時期は断じて遅らすわけにはいかん。銀行も資金を引き揚げて、その後の熊本、門司方面路線工事のための集金ができなくなりますから」

柴山と野辺地が、困惑した表情を見せた。柴山が言った。

「そんなこと言われましても、資材の大部分は東京に再発注せんといかんけん、カネを払わんなら、モノが入ってこんでしょう。少し計画を遅らせましょう」

高橋は、みけんに深いしわを寄せ、困惑の表情を隠さなかった。

和七郎は、高橋と同様に、万が一、開通時期が遅延した場合のその後の悪影響を十分理解していた。和七郎は、柴山と野辺地のほうに向き直すと、諭すように強調した。

「もう一度言わせていただきます。投資家には、もう建設期限が遅れるとの言い訳は利かないんですよ。東京の今村さんも、鉄道の完成時期を大変気にしていました」

柴山と野辺地は、反論ができなくなった。そのほかの出席者も、問題の大きさを再認識したのか、一様に押し黙ったまま何も言えなくなってしまった。

そのとき、社長の高橋が、意を決したように、図面の一点を指して、野辺地らに告げた。

「それでは、当初の久留米までという計画なんですが、線路で橋を渡ることはひとまずあきらめて、この千歳川の手前に暫定の停車場を作って、当面はそこまでの路線ということにしましょう」

鉄道が川を渡って旧久留米城下まで行くことが人の輸送には重要であると思われたが、敷設期限はもはや変えることができない。ぎりぎりの決断であった。

誰かが、ぽつりと言葉を漏らした。

「確かに、千歳川の手前も、久留米といえば久留米ですからな。投資家には言い訳が立つ」

高橋が尋ねた。

「野辺地さん、橋ができるのは、どれくらい延びますか」

「まだ正確には、確定できませんが、モノが入ってくるならば、三カ月っというところでしょうかね」

「三カ月か……。それくらいなら、投資家も目をつむってくれるだろうね」

高橋は、和七郎に向かって確認するように言った。

ただ、和七郎は、その処置で、肝心の乗客が納得できるかどうかが気になった。和七郎は、高橋に尋ねた。

「まあ、そういうことはやろうとすれば可能ではあります。川に鉄橋を渡すまでの辛抱ということですね。ただ、客を千歳川の手前の田んぼの真ん中で降ろすだけというのはいかんのではないですかね」

野辺地が口を挟んだ。

「仮の停車場で降りてもらったら、列車の到着のたびに城下町のある川の対岸までは専用の渡し船を出しましょう」

現場に詳しい野辺地の前向きな発想だった。

和七郎も提案した。

「そうすると、久留米の対岸では、人力車や馬車のための停留所も一時的に作らないかんですな……しばらくは客にも我慢してもらうことにはなりますけんど」

高橋も続けた。

「そういう対処しかやりようがないでしょうね、今は」

柴山は、さらにもうひとつの問題を呼び起こした。

「ただ、カネの件は、どうしましょうか」

これは、さらに難しい問題であった。

高橋は、手のひらをひざの下に力なくぶら下げて、天井の一点を見つめた。そして、ゆっくりとした口調になって言った。

「もう中央の投資家への対策はやり尽くしたので、どうしようもないですな。時間もないし、いくらうちが台風のせいと言っても、言い訳がましくなるだけでしょう。どうしたら良いのか……」

言葉に詰まった。

事務所の外は、深い闇に包まれていた。

部屋の照明に誘われて、五匹ほどの黄色い蛾が窓の桟にへばりついていた。議論に熱中し、いつのまにか石油ランプの臭いも気にならなくなっていた。一昨日までの暴風雨がまるでうそであったかのような静かな夜を迎えていた。

高橋は絞り出すように言った。

「もう時間もない。地元の金融界に最後のお願いをするしかないな……、やはり、今まで一番支援してくれている小倉の八十七銀行さんに九州の金融界をまとめてもらうしかないのではないかな」

柴山は、渋った。

「しかし、八十七銀行さんには、これまでも何回も何回も無理をお願いしてますばい。春からの金融混乱でなかなかどこも今は苦しかですから……難しかとじゃなかですか」

何度目かの沈黙が流れた。

と、ここで、和七郎が、意を決したかのように目を大きく見開いて、高橋に向き直った。

「私にちょっと考えがあります。私の出身銀行でもありますし、私が行って、説得してみましょう」

一同が顔を見合わせて、ほーっ、と感嘆するような声をあげた。

高橋は、和七郎の膝の上に手を置いて言った。

「和七郎さん、頼んで良いですかね」

和七郎は、唇を引き締めて言い返した。

「まあ、やってみらなわからんですけんど、やるだけやらせてみてください」

高橋は、続けて柴山に告げた。

「柴山さん、資材購入の状況説明のために、和七郎さんに付き添ってくれますか」

「もちろん、行かせてください。今回の件は、私に大きな責任がありますけん」

柴山は、覚悟を決めていた。今、皆が総出で動かねば、今までの苦労が文字通り水の泡である。何でもやるつもりであった。

社長の高橋をはじめ一同は、和七郎と柴山の交渉結果に、鉄道会社存続のすべてを委ねる決意をした。

和七郎と柴山は、翌日朝早く、小倉の第八十七銀行の清水の許へと駆けつけた。

久しぶりの訪問である。清水の執務室で待っている間、和七郎は、盆や正月で都会から実家に帰ってきた息子のように簡素な部屋の中でその微細な変化を確認していた。例の肘載せの壊れた椅子がなくなって、和七郎らには、真新しい長椅子が用意されていた。

清水の部屋には側近の後藤も詰めていた。後藤は、和七郎が銀行を退いた後の後釜であり、大口向け融資の担当重役であった。

「久しぶりやな」

清水は自室に戻ってくるなり、いつも通り大声で出迎えた。和七郎は一気に現実に戻された。

「ごぶさたしちょります」

和七郎と柴山は、少し緊張した面持ちで清水と相対した。清水は、おもむろに遠慮することなく、話し始めた。

「鉄道は洪水でぎょうさん損害を出しちょるようやね」

すると、すぐさま柴山が、

「被害なんですが……」

と説明を始めようとした。和七郎は、すぐさま右手で軽く柴山を制すると、あわてて清水の問いに答えた。

「いや、費用削減が裏目に出とりますけん……。私もうかつやったです」

清水の質問は、資金を提供する側としての最大の興味から出たものであることはわかっていた。ただ、洪水の話題に関しては、和七郎は、軽く触れる程度で済ませたかった。清水はともかく、口うるさい融資担当の後藤に余計な負の印象を与えることは避けたかったからである。もし、この融資話を断られたら、九州鉄道に、もはや未来はない。交渉には、流れを考慮する必要があった。

「正直、大損害です。そいでですけんど、……」

清水と後藤は、やはり来たかとばかりに顔を見合わせた。銀行員としての直感であったのだろう。間髪を入れず、和七郎はたたみかけた。

「他行などと話して、うちの会社へのもう一段の追加融資をまとめていただきとう思うとります」

直接的な訴えだった。

和七郎は、出身行であるし互いに手の内がわかっていることから、へたに遠回しとなるような言い方をするべきではないと思っていた。それでも、清水と後藤は一瞬不意を突かれたようになった。

清水は言った。

「そう来るとは思っとったが……、相変わらず、はっきり言いよるんやなあ……」

清水は、和七郎の視線をずらすとゆっくりとした口調になった。

「だけんど、……景気が悪いんで、知っての通り、うちもそげえ話をすぐ受けるっち言うこともでけんやろが」

清水は足を組んで、椅子に背を預けた。側に控える後藤が清水の気持ちを代弁するように話し始めた。

「もうたいがい鉄道にはカネは出しちょりますやろ。これ以上は無理っちゃないですか」

清水らから、このような拒否反応が出ることは、予想の範囲内であった。もちろん、和七郎は、これで引き下がるつもりはなかった。しばらくの間、後藤の消極的な反論を受け止めた後、和七郎は、話を前に進めようとした。

「難しいことはようわかっちょります。んでも、こんまんまじゃ、あれがうまく回らんようになりますけん」

「何じゃ」

清水は組んでいた足を元に直した。和七郎は、ちらと外を見やって言った。開かれた窓の向こうには、朝日にきらきらと反射する群青色の海が広がり、対岸には赤間関（下関）の西端、彦島の緑がかすんで見えた。

「門司港ですよ……」

「九州鉄道は、今後も路線を拡張します。もちろん、小倉や門司にもでくるだけ早う路線を延ばす予定で進めちょります」

　和七郎は、続けた。

「門司の港はもう近いうちには出くるでしょう。ただ、今、うちが資金難になって、門司までの路線建設が遅るんなら、小倉や門司の商売は開店休業ですやろ。東京に行ったとき、渋沢さんも、九州の石炭にはかなり期待しちょりました。今でさえ、地場の金貸しや商人がどんどん倒産しよるんやないですか。それを止めるには、でくるだけ早う主要幹線を門司まで通すしかないですよ」

　主要幹線とは、この場合、門司から熊本、佐賀までを意味していることは、誰の目にもわかっていた。福岡南部や佐賀、熊本北部地方の面する有明海は遠浅で良港を造れないことから、農産物や筑豊地区の石炭などは門司港を通して国内外に輸送させることが期待されていた。鉄道さえ早くできれば、門司は九州の物流の海の玄関口として、急速な発展が見込めるかもしれなかった。

　清水は、県知事安場に頼まれて以降、門司築港を先導する立場にあった。

「たしかに、お主の言うとおりではあるけんど」

　清水と後藤は、和七郎のあまりの意気込みに飲まれていた。

　後藤は、言った。

「ただ、追加融資をするっち言うことは、うちは、今後ほとんど九州鉄道と一蓮托生、共に討ち死にも覚悟ち言うことやろ……それはでけんやろ。うちがなくなったら、小倉の商売は全部死んでしまうっちゃ」

清水は、後藤の話を聞きながら、目をつむって考え込んでいた。そして、長い沈黙の後、ようやく口を開いた。

「数年前の銀行時代のお主なら、この鉄道会社への追加融資に同意しよるんかい」

和七郎は、一瞬息を飲むと、はっきりと答えた。

「いっちょん割に合わんですけ、死んでもせんですやろ」

「死んでも、ち迄言うかっ……」

と言って、清水は、カッ、カッ、カッ、と笑った。

「お主も割に合わんち思うちょる融資を、我々にしぃ（しろ）、と」

和七郎は、膝に手をあて、清水の眼差しを真正面から見返した。

「割に合わないっち言うんは、銀行にとってち意味です……。八十七銀行は、これで経営が傾くかもしれん、いや、正直、倒産する可能性もありますやろう」

〝倒産〟という言葉に、清水と後藤は、大きく目を剥いた。

「けんど、……」

和七郎は続けた。

「銀行が倒産しようがそうでなかろうが、そん（その）資金提供で、小倉や門司に鉄道が形としては残って、小倉や門司の商人、そこに住む人々は、必ず潤います。そのうちいつの日か、また、八十七じゃなくても新しい銀行もでくるごとなります。今の小倉や門司の問題は、どげん方法でもええから、でくるだけ早う鉄道と港を作ることなんです」

和七郎が話し終わって、一瞬の沈黙があった。と、清水は、皮肉を込めた眼（まなこ）になって、和七郎に質した。

「常日頃、銀行の安定経営が第一っち言うちょったお主が、うちに倒産しぃ（倒産しろ）、と」

「いや、すんません、今のは言い過ぎました。うちは、そげぇならんようにもちろん最大の経営努力をします。九州鉄道は民営と名前が付いとりますけんど、事業自体は国のお墨付きですけ」

和七郎は、少し先走った言い方になったことを後悔した。

清水は、ゆっくりと口を開いた。

「『虎は死して皮を留め、人は死して名を残す』か……。いわば、わしら八十七銀行の切腹ち言うことやな。自らは死を選んで家を残しぃ、ち言うことか」

そして、深く息を吐いて、

「そりゃあもう徳川の世の古い考えかもしれんが」

と言うと、清水は、卓上で書類の重しとなっている刀鍔に目を落とした。その一物は、時代遅れとなり用済みとなった今も、自分にできる精一杯の役割をただ朴訥に務めているのだった。

清水は、ぽつりと漏らすように言った。

「みんなおらんごとなって（いなくなって）しもうたからのう」

このとき、ふと、旧藩時代に清水の屋敷で会い、その後すぐにあの戦いで亡くなった清水の嫡子、清水正尚の明るい笑顔が和七郎の脳裏によぎった。

しばしの沈黙が流れた。そして、清水は、ゆっくりと口を開いた。

「後藤くん、やらしちゃりぃ」

後藤は、びっくりして清水の顔を見た。

「えっ、頭取、なんち言いました……。本気ですか」

清水は、言った。

「まあ、面白いやろ。銀行なんて、この変化の激しいご時勢、もう全国でどこでんバタバタと倒れちょる。これが、現実じゃ。……。小倉の藩の同志もぎょうさん死んでしもうた」

「わしが死ぬのが先か、銀行が倒産すんのが先かわからんけんど、どうせ早晩経営が難しゅうなんなら、この際、彼らに命を預けちみてもええんやないか」

後藤は、すぐさま、それでも……と反論しようとしたが、清水は右手を大きく広げてそれを遮ると大きな声で言った。

「ええんじゃ！」

「後藤よ、わしは、なあ、思うんだが、もう関西は鉄道で東京とつながっとって、九州は置いてきぼりじゃ。大洪水にも遭うちょる。今、九州に必要なものは、カネでも安定でもない、希望になるものなんじゃないかと思っちょる。なんやかんやいうても早う鉄道が見たいんじゃ、それだけじゃ、たまにはそういう理屈抜きのものに従ってもよかろうが」

後藤は、いまだ納得していない様子で口ごもった。しかし、頭取の清水が、覚悟を決めて言う以上、この場で頑固に反対もできなかった。清水は続けた。

「そいじゃあ、そんでええやろう。他の銀行にも話すっけんな。多額ち言うほど出せるかわからんけんど、でくるだけ追加融資はさせちもらうけん」

和七郎は、その言葉にほっと胸をなで下ろした。

その後、和七郎と柴山は、清水らと時を忘れてしばらく鉄道の苦労話などをして楽しんだ。

窓の外では、蝉が夏の終わりを惜しむように鳴いていた。

別れ際に清水は、和七郎の肩をぽんと叩いて、こうつぶやいた。

「お主は、もう大丈夫やろう」

和七郎には、その言葉の意味がわからなかったが、亡くなった父が見せていたような清水の暖かいまなざしが妙に心地よく感じられるのだった。

帰り際、馬車に乗る前、柴山は、和七郎に深々とお辞儀をし、こう告げた。

「今回の件では、本当にお世話になったとです。私には、こんなことはしきらんです（できないのです）。自分の未熟さがよくわかりました」

柴山は、いつものように一本気であった。

「何ち言いなさる。まだまだ、道半ばですぞ」

和七郎は、柴山の肩をすくい上げた。

社長選定や役員選任で対立したことがあった二人であった。しかし、和七郎と柴山に限らず、会社全体が、困難を乗り越えるごとに一体感を強めていた。

難航を極めた資金繰りも、どうやら目処をつけることができた。鉄道建設は、千歳川手前の仮停車場までと、その計画が縮小されてはいるが、完成期限も小幅の延長程度にとどめることができた。

明治二十二年十二月十一日は開業の日であった。

会社は、前日の試運転に地元各界名士を呼んで、博多停車場内客車で簡素な西洋料理立食会を催しただけであり、建設途上という理由で、当日も冗費節約のため正式な開業式典を行わないことを決めていた。東京（新橋）の鉄道の開業式では、天皇、華族、政府首脳が臨席し、華々しく挙行されたが、それに引き換え、九州で初めての鉄道開業は、なんとも質素で、地味で、味気ない対照的なものとなっていた。

しかも、小雨が降っていることから、隣り合う博多の町で企画されていた踊り比べや、どんたくさえも中止となったと早朝に伝わっていた。

和七郎は、朝食をとると、博多停車場隣接の事務所に乗合馬車で向かっていた。

「地味な開業ではあるけんど、仕方がないっちゃ……。これも、困難続きの会社(うち)んごとあるなあ」

とつぶやいた。

しかし、いつも通り博多の停車場近辺に近づいても、馬車がなかなか進まなくなった。

和七郎は、不思議に思って御者に声をかけた。

「どげぇしたん」

御者は、申し訳なさそうに言った。

「お客さん、これ以上は今日は車がつかえて行けません。すんませんばってん、そこまでは近かですけん、歩いて行ってくれんですか」

和七郎は、何事かと思い、ひょいと馬車の窓から顔を出してみた。

すると、停車場の方角には、雨天にもかかわらず、黒山の人だかりができており、それに向かって馬車や人力車が幾重にも連なっていた。

「何事やろか、また何か停車場で事故でも起きたんやろか」

実は、一週間前に行われた前々回の試験走行日は今日のような雨の日であって、機械のトラブルがいくつか生じていた。昨日の試運転では、晴れていてうまくいったのだが、雨の日にはまだまだ不安があった。

「事故っちゃないやろうか」

和七郎は、急いで傘を広げ、駆け足で停車場に向かった。


と、現場に近づくにつれて、雨音に負けじと、どこからかぴーひゃら、ぴーひゃらという横笛の音色が聞こえてきた。和七郎は、新調した靴がずぶぬれとなるのも気づかないまま、停車場へと向かった。

その場所は、すでに黒山の人だかりで大混乱となっていた。

道化者の何人かが面と衣装をまとって鉦（かね）や太鼓、三味線をどんちゃらどんちゃ、どんちゃらどんちゃ、と打ち鳴らし、おつむに天冠を載せた少女が狭い通路で謡いに合わせて器用に舞いを披露していた。調子に合わせて囃す野次馬の声、ばんざいを叫び続ける群衆の声が、祭り囃子の音色とないまぜとなって、うすら寒い雨天とは対照的に、停車場は騒然とした賑やかさに支配されていた。

和七郎は、何が何だかわからなくなった。しかし、少なくとも事故ではなさそうだった。ひと目、九州鉄道の開業を見届けたいという人々が、停車場の周りを取り囲んでいるのであった。

和七郎は、沸き立つ湯の中の小さな泡つぶのようになって、揉まれ、押しやられながら群衆の中を進んだ。雨は依然降っていたが、傘もまったく役に立たなくなっていた。

構内でも、やはり、群衆がひしめき合って、どうにも人が通れない状況となっていた。

「こんだけの大勢の人が鉄道の開業をお祝いしてくれとる」

和七郎は、目の前に広がる驚愕の景色に言葉を失った。

と、構内事務所の入口に同じく驚きの表情で群衆を見つめる初老の男の姿を認めた。

「頭取っ」

和七郎は、大声で叫んだ。清水が開業祝いに駆けつけてくれていた。事務所奥には、安場や嘉悦の顔も見える。みんな、驚いているのか呆れているのか、あっけにとられた表情で群衆を見つめていた。

「……」

後は、言葉にならなかった。

嬉しいのかどうなのか、単なるありきたりの言葉では言い尽くせないなんとも言えない感情が心の底からこみ上げてきた。

嘉悦との最初の面会から、およそ五年が経っていた。東京（新橋）の官営鉄道の停車場に比べたら、この博多の停車場は、安普請で何と簡素なことか。しかし、九州鉄道会社は、曲がりなりにも、本日こうして開業を果たすことができた。

中央での資金集め、民営幹線鉄道建設の根回し、政府への配当補給の請願、社長党と九州党の対立の中での社長選任、常議員選挙の一週間にも及ぶ大会議、資金難で経費削減のための簡素な鉄路建設、鉄道路線選択に関わる各地方での紛糾、ドイツ人技師の招聘、千歳川大洪水による損害と三度目の資金危機、……さまざまな苦労を克服して、念願の鉄道がこの九州の地に初めて建設された。

雨とは違う何か生温かい液体が、和七郎の顔面の両端をすーっと流れていくのを感じた。

銀行員時代常日頃冷静であることを自認している和七郎ではあったが、ここに至っては、この感情の昂りをどうにも抑えることができなかった。

「ついに、この時が……」

昨晩に至ってもなお鉄道完成の実感を持てないでいた和七郎であった。しかし、今まさに、和七郎は、その現実となった成果をその眼球にしっかりと焼き付けることができた。

一時間後――。予定されていた簡単な式典が終わる頃には、雨があがって、少し晴れ間が見え始めていた。汽笛が三回鳴ると、ドイツ製二十一トン機関車七両編成は、そのいかにも重そうな体をゆっくりと揺らしながら、歓喜の輪の中を通って、南光差す雲間の下へと走り去っていった。

それから、約一年半が経った明治二十四年四月一日、熊本入りしていた和七郎は、朝早くから、新設成った「久留米~玉名（高瀬）」間の開通式典に参加していた。（注12）

この地域の路線建設場所の選定に関しては以前会議で大いに揉めたが、嘉悦の意見もあって海岸案での路線建設が決定し、この日ようやく開通したのである。未だ熊本城下まで延びてはいなかったが、熊本県内で初めての鉄道開業であった。

相変わらずの資金難から、停車場などの施設はたいへん簡素なものとなったが、近傍の商店などは、競って旭旗、紅燈、短旗などを縦横に吊りかざして開通を祝った。高橋社長の挨拶の後、嘉悦氏房が熊本側の代表として、路線開通の挨拶に立った。

式典は滞りなく進んでいった。式の終了後、ふと見回すと、先ほど冒頭で慶びの挨拶をしていた嘉悦の姿がないことに気がついた。

和七郎は、疑問に思い、忙しく立ち回っている駅長に尋ねてみた。振り向いたその頭に真新しい駅長帽が誇らしげに黒光りしていた。

「嘉悦さんは、どこか行かれたでしょうか」

「んーと、そうですな、おられんごたるですな」

駅長は、背伸びをするようにあたりを見回した。すると、間髪を入れず、あ、そうそう、と思い当たるように北側のほうを指さした。

「そういえば、嘉悦さんは、いつもこのへんの山に登りよりますばい。よくお供をする太助という男がおりますけん、ちょっと聞いてみましょう」

駅長は、そう言うと、しばらくして、小柄で日に焼けたいかにも農家風の男を連れてきた。

太助は言った。

「旦那は、たぶん蛇ケ谷のほうですよ。実は、山登りじゃなかとでして、いつも月初めの日は丘のところで墓参りに行きよんなはっとです（行ってらっしゃるのです）」

男は続けて言った。

「そげぇしょっちゅうですか」

（注12）九州鉄道では、同日、「博多〜門司」間も全線開通した。

和七郎は疑問を投げた。

「詳しゅうは知りまっせんが、十数年前に亡くなったお知り合いの墓参りだと聞いとったとです」

「遠いとこやろか」

和七郎が聞くと、男は日に焼けた赤い眼を返して言った。

「いや、近かですよ、すぐですばい」

頑強そうな男である。悪気はない言葉とは思ったが、〝丘〟と聞けば、さほど近いところではなかろうと思った。とはいえ、すぐ、と答えられれば、嘉悦に久しぶりに挨拶したい気になった。本日の仕事はこの開業式典だけで、時間がたっぷりあった。熊本に遠出していることもあって、ちょっと遠足気分で、散歩したい気持ちも生まれていた。

「そげんですか……そいじゃあ、良かったらそこまで案内しちくれんですかね」

駅長が目配せして太助を促した。

「いや、これから野暮用があってですね」

男は、すまなさそうな表情を浮かべた。

「そげんか、それは困った」

和七郎は、両手を腰に当て、山のほうを見上げて、つぶやいた。

その時である。

「私が案内してはいかんですかね」

といきなり後ろから若々しい声が聞こえた。振り返ると、そこには、一目で開通式に参加したことがわかる正装した青年紳士が立っていた。

「柴山さんっ」

「ごぶさたしとったです」

柴山は、一瞬ぎこちない表情を見せ、丁寧な挨拶をした。柴山はあの洪水事件の直後に自らのけじめをつけるように引責辞任していたため、顔を見るのは一年半ぶりであった。

「久しぶりやね」

「水害の件では、ご迷惑をおかけしました。あんあと、松田さんのおかげで資金繰りがまとまって……。そんおかげで、やっと本日は玉名まで開通できたとです……」

柴山は、我が故郷に鉄道を通すことができたことを喜んでいるようで、晴れ晴れしい顔をしていた。二人は堅い握手を交わした。

「松田さんのおかげですばい。本当にありがとうございます」

柴山は、よほどうれしいのか、憑きものがとれたような屈託のない笑顔を見せた。

「いや、私の力なんち、たいしたことは……。ところで、柴山さん、その嘉悦さんの亡くなされたご友人ですけんど、どげん方ですか」

「……。それはですね……。まあ、嘉悦さんに会いに行きましょう。嘉悦さんは、松田さんには、来てほしかと思いますよ」

柴山は、なぜか少しよそよそしくなって、そう答えた。そして、和七郎の荷物を持とうとしたが、和七郎は、手をかざしてそれを軽く遠慮すると、柴山の案内に従った。

その道は予想通りというか、なかなかの坂道であった。

険しいとまでは言えなかったが、運動不足の和七郎には、こたえるものだった。ただ、曲がり角の合間に見える満開の桜の木々と時折遠くに聞こえる鶯の声は、和七郎の疲れを忘れさせてくれた。丘陵に沿う段々畑がどこまでも列をなしていた。

「まだですかね」

和七郎が、じれて聞くと、

「すんません、もうちょっとですけん」

と柴山が答えて、どこからか太い杖を切ってきて、差し出した。

柴山は、緩やかな坂をどこまでも歩き続ける。小一時間ほど経ったころ、細かい曲道を登り切って、目の前に少し黄緑色に開けた場所が現れてきた。

「あそこです」

柴山は、案内の義務を果たしてやっと顔の筋肉を緩め、前方を指さした。

と、その先には、煙管を吹かせる一人の老人が大石に腰を沈めていた。

「嘉悦さんやな」

和七郎は、その特徴的ないかり肩と長いあごひげを見定めると、足に活力が戻るのを感じた。

近づくと、嘉悦は、すでにこちらに向き直して、やさしそうなまなざしを向けていた。

「もうお仕事は済んだとですかね。たいへんだったとでしょう、何でこぎゃんとこまでわざわざ」

「いや、たまには運動せんと……。嘉悦さんにも久しぶりに話しとう思ちょりましたですけ」

和七郎は、あまり答えにならない返事をした。特に用事があって来たわけではなかった。嘉悦の後ろには、一族のものらしい大小の墓石が一方向を向いて整然と並んでおり、その中のひとつの墓に桜の枝が三本ほど供えられていた。

墓に向けられた和七郎の視線に気づくと、嘉悦は、少しうろたえるような体になって言った。

「ああ、わしの馴染みの者の墓ですたい」

和七郎は、墓に刻まれた名前を見て驚愕した。

「柴山竜之進……」

柴山を振り返った。

柴山は、山登り後の紅潮した顔に、悲しそうな表情を浮かべ、その墓石を眼下にみつめてじっとしていた。

嘉悦は、煙管を一旦口に戻すと、話し始めることを躊躇しているように見えた。

その繊細な空間で、和七郎は、事情を聞くことをためらわざるを得なかった。

嘉悦は、その和七郎の心を察するかのようにゆっくりと口を開いた。

「この剛の父親です。横井小楠先生の塾の後輩だったとです。わしの兄弟のごたるもんでした。ようからかい合って遊んどったもんです。あいつは若くて男っぷりが良かったけん、よう女にもてとった」

「それがどげんして」

和七郎は、あふれ出る好奇心を抑えきれなくなってつい口に出してしまった。

「もともとの原因は官職を得られなかったとです。私は運よう中央のそれに選ばれたとですが……」

「その後わしが熊本に戻り、県に奉職したときにゃ、だいぶあやつの職を紹介したつもりじゃったばってん、若かったけん自尊心が邪魔したとですかね、そんときゃ、もう竜之進は不平士族の輩とばっか交わっとった」

嘉悦は、考え込むように目を細めると、続けた。

「わしもだいぶ骨を折ったつもりだったばってん……。もっと早うに良か仕事ば見つけておればのう……」

嘉悦の言葉尻が嘆息に消えた。

柴山は、みけんに皺を寄せて墓石の一点を見つめていた。嘉悦は、口元を引き締めると、静かに吐き捨てるように言った。

「西郷さんと一緒に戦って逝ってしもうたんですたい。もうあれからだいぶ経ってしもうたばってんが。地元でも一部の輩があいつらのことを『賊』軍とけなしよったのはどうもなあ……」

嘉悦は手に持っていた煙管の雁首を膝でとんとんと二回たたいて灰を落とした。

多くの士族仲間が、幕末以来二十数年で悲惨な末路を辿っていた。

和七郎とて、仲間だけではなく、最も大切な肉親である父親を亡くしている。それら複雑な想いは、それはそれで多言を尽くさずとも、九州人であるならば同じようなものを共有しているはずであった。どのような言葉を尽くしても、この想いを言葉で表現することは、この場では陳腐になってしまう。

和七郎は、何も答えることができなかった。

しばらくして、和七郎は、歪んだ表情を隠すように体を転じると、周囲をぐるりと見渡した。

「景色んいいところですね」

和七郎は、思わず声を高くした。

目の前には、玉名の町並みとそれを包み込む緑の大地が見え、その先に紺碧の有明海が開けていた。その清らかな眺めが、動悸でほてった体を鎮め、和七郎の動揺した気持ちも緩やかに鎮めていくようだった。

柴山が右手の方角を指して説明を始めた。

「向こうが北側でして、先のほうに博多への線路がずっとつながっとるとです」

よく見ると、九州鉄道の黒くて細い平行線が緑の大地を貫き、桜の咲く山肌の先へと消えていた。

柴山は、逆方向に顔を転じると続けて言った。

「そんでもって、あっちのほうは、田原坂になるとです」

「えっ、そうか、田原坂か……そげぇ近かったやろか」

和七郎は、心の中でつぶやいた。

田原坂は、十数年前の西南戦争の際、官軍、賊軍入り乱れ、四十日間併せて三千名もの命が失われた最大の激戦の地であった。ここはいわば士族が絡んだ我が国最後の大規模な戦場であったと言える。またその際、その西隣りの玉名地区も、征討総督の本営が置かれていたが、苛烈な戦火に見舞われたのであった。

当時、はやり歌にも唄われ、この戦場は全国的にもたいへん有名になった。

〜雨は降る降る人馬は濡れる、越すに越されぬ田原坂〜
〜右手に血刀左手に手綱、馬上豊かな美少年〜

和七郎は、何とはなしに、頭に浮かんだはやり歌「田原坂」の歌詞を追っていた。

そのとき、青抜けた北の空から、鉄道の汽笛の音が鳴り響いた。

それは、博多方面からの二番列車が、玉名（高瀬）停車場に向かって走ってくる前触れだった。フウォーという聞き慣れた力強い音が丘の上を駆け抜け、和七郎のほてった頭部に、突然、思いがけないあるひらめきを突き刺した。

「玉名への鉄道敷設……。それは、嘉悦さんの昔の仲間に対する弔いっち言うことやなかったやろか」

思えば、嘉悦は、熊本県内の路線決定会合のとき、珍しく口を開いて玉名海岸案を実現させるという拘（こだわ）りを見せた。

内陸案とは異なり、海岸玉名案では、九州鉄道の路線は、サムライの世に終止符を打ったこの田原坂のまさにど真ん中を貫いて熊本へと至るのである。

嘉悦の強い想いとは、柴山竜之進のように失意のうちに亡くなり蔑まれてきた多くの九州士族の御霊（みたま）を、新時代の文明と平和の象徴であるこの〝鉄道〟で安んじていきたいということではなかったか。

時代は、変わった。先の恩赦以来、もう、人を官軍側とか賊軍側などと分けて考える必要はなくなっていた。


和七郎は、肩越しに振り返るような体勢になってちらりと嘉悦を確認した。

嘉悦は、煙管を口に含んで、鉄道の方角を静かに眺めていた。その口元には、穏やかとなった時代の流れを楽しむかのようなふんわりとした白い煙が広がっていた。

和七郎は、そんな嘉悦を見留めると、無粋な質問をする気が失せた。そして、明るく開けた緑の大地へと再び向き直した。

機関車から放たれた雲煙が、いつの間にか田原坂あたりの浅緑色の絨毯へ向かってたなびいて、朗らかな空間に漂っていた。

青く晴れ上がった天球の頂では、いつの間にか二羽のとんびが舞っていた。そして、仲良さげにゆっくりと大小の弧を描いたかと思うと、ぴーらー、ぴーららーと、とびきり澄んだ音を響かせた。

その後の九州鉄道

九州鉄道は、この三カ月後の明治二十四年七月に「玉名～熊本」間を完成させ、明治三十一年十一月には「鳥栖～長崎」間を全線開通させた。そして、路線の延長や既存中小路線の吸収合併を行って、路線を九州一円に延伸していった。当初、蒸気機関車や客車にドイツ製車両を多く採用した特徴的な鉄道であった。

その後、鉄道国有化法が成立。経営が順調となっていた九州鉄道は反対したが、大局的な流れには抗えず、明治四十年七月に九州鉄道会社は解散し、国有化された。そして、その後も引き続き旅客輸送や筑豊の石炭輸送などで活躍し、現在に至るまで九州地場産業、ひいては日本経済に大きく貢献した。

博多停車場は、明治二十三年に隣接地に移転していたが、業績の拡大に見合うように、明治四十二年には、長年の念願であった豪華な博多駅舎へ衣替え、移転し、昭和三十八年には、現在の場所へとさらに移転した。また、昭和四十年には、「玉名～熊本」の間に、田原坂駅が設置された。

現在、最初の博多停車場があった出来町公園内に「九州鉄道発祥の地」碑が建てられている。

あとがき

この物語のテーマは、「鉄道」で、冒頭場面は、慶応二年（一八六六年）という、奇しくも、出版時点からちょうど百五十年前のことです。

物語にも登場する井上勝（「日本鉄道の父」と呼ばれる）は、その頃より英国で鉄道技術の勉強をしていますが、この一世紀半の長きに亘って、おそらくのべ何十万、何百万人もの鉄道マンが、鉄道事業の立ち上げ、事業の運営、鉄道行政の実施、その他周辺業務の従事に携わったことでありましょう。彼らは単独では微力なのかもしれませんが、機関車の部品がひとつでも欠ければ鉄道全体が機能不全に陥るように、ひとりひとりの人間が、その時代〳〵でたいへん重要な役割を果たされていたのではないかと思っています。

この作品では、そのうちのひとり、すなわち、一介の鉄道マンである松田和七郎が、明治前半期、鉄道建設に奔走する姿を描きました。作品中では、できるかぎり史実に沿った形で、普通の企業人の熱意、苦労、努力、息吹きといったものを文章中に具現化しようと試みました。

拙いながらも、そうしたものが読者の方々にいくばくか伝わるのならば、幸いに思います。

ただひとつ心に引っかかるのは、史実において鉄道事業に貢献があった方々や言及すべき地域がこの他多く存在するのにも関わらず、小説の構成としては、それらの数をたいへん絞らざるを得なかったことです。記載のなかった、あるいは少なかった関係者の方々、関係地域に住まわれている方々におかれましては、まことに申し訳ありません。

先人研究者が残された資料を収集・参照させていただき、その他さまざまな方々の支えがあって、作品を出版することができました。感謝申し上げたいと思います。

鉄道や明治時代に興味のない方々におかれましても、ひまつぶしがてらご一読いただけるのならば、筆者にとって、これにまさる喜びはありません。

平成二十八年七月二十一日

城平　心良

DT2YKM

【著者略歴】

城平　心良（しろひら　むねよし）

1960 年生まれ。福岡市在住。元会社員、元教員。

サムライ鉄道（てつどう）　――九州鉄道草創期（きゅうしゅうてつどうそうそうき）の物語（ものがたり）――

2016 年 10 月 15 日　第 1 刷発行

編　者 ― 城平（しろひら）　心良（むねよし）

発行者 ― 佐藤　聡

発行所 ― 株式会社 郁朋社（いくほうしゃ）

〒 101-0061　東京都千代田区三崎町 2-20-4

電　話　03（3234）8923（代表）

ＦＡＸ　03（3234）3948

振　替　00160-5-100328

印刷・製本 ― 日本ハイコム株式会社

落丁、乱丁本はお取り替え致します。

郁朋社ホームページアドレス　http://www.ikuhousha.com

この本に関するご意見・ご感想をメールでお寄せいただく際は、

comment@ikuhousha.com までお願い致します。

 ISBN978-4-87302-631-2 C0093